マドンナメイト文庫

生贄アイドル 淫虐の美少女調教計画

新井芳野

目次

contents

生贄アイドル　淫虐の美少女調教計画

序章

晴れやかな秋空の下、山間を縫う国道を一台の赤いスポーツカーが疾駆する。

「見てごらん、沙由理。紅葉もずいぶん色づいてきたよ」

「えっ？　ああっ、本当、うっすら赤くなってるわ」

車窓から覗く見事な山並みからは、紅く染まりはじめた木々の装いが見渡せた。

乙女の薄化粧にも似た変化を認め、豪奢な金髪の少女は景観に目を奪われる。

まだ十月に入ったばかりなのに、明媚な広葉樹林も衣替えの季節を迎えたみたいだ。

「このあたりは山頂に近いし、やはり麓より色合いは変わりやすいようだね」

「ええ、きっとあとひと月もすれば紅葉も見頃になるんでしょうね。うふふ、ドライブもその頃にすればよかったかも」

青い瞳を煌めかせ、上品な仕草で笑う少女は、陶器人形を思わせる美しさだ。

細く高い鼻梁(びりょう)に濡れた紅い唇は悩ましく、透き通る白い肌は処女雪を連想させる。

沙由理と呼ばれた娘は助手席のシートに佇(たたず)み、愛しい人へ視線を向ける。

「時期がズレたのは仕方ないさ、沙由理のお休みが今週しか取れなかったからね」

「無理を言ってごめんなさい。事務所から、まとまった休暇はいましか出せないって言われたの」

「謝ることはないよ、僕のほうこそ誘いを受けてもらえて光栄さ。今日の君は、いつにも増して素敵だしね」

「まあ、優人(ゆうと)さんたら。でも、そんなふうに褒めてもらえて嬉しい」

ペールピンクのニットに同系色のフレアスカートは、お嬢様の秋の装いである。

いかにも清楚(せいそ)なファッションだが、シートに横たわる肢体はありえぬほど官能的だ。

たわわなバストが主張し、華奢(きゃしゃ)な腰つきは抱いてほしげに揺れている。

「それに、君から紹介された石上(いしがみ)さんだっけ？　その人のペンションに行くのは僕も楽しみなんだ」

「ええ、私たちの元プロデューサーさんが経営してるの。小綺麗でお料理も美味しそうで、優人さんもきっと気に入ると思うわ」

会話に花を咲かせつつアクセルをふかせば、スポーツカーは目的地へひた走る。

ブロンドの少女はハンドルを滑らせる恋人、君島優人を頼もしげに見つめていた。

「沙由理、座りっぱなしでそろそろ疲れたろう？　ちょうど、おあつらえ向きに休憩ポイントが見えたきたし、少し休んでいこうか」

「うん、ありがとう、優人さん」

山を巡る国道によくある駐車場兼休憩所を発見し、赤い乗用車は入ってゆく。

平日の昼下がりもあってか、停まっている車は彼らだけで、付近に人影は見えない。

それでも少女はあたりを気にしながらドアを開け、そろりと降りる。

「やっぱり、ちょっとひんやりしてるわ。うわあ、すごく綺麗。こんな高くまで登っていたのね、私たち」

「そうだね、もう少ししたら山全体が真っ赤に染まるんだろうね」

外へ出て高所から見下ろせば、荘厳な峰の連なりに少女は魅了されていた。

都心から一時間ほど車を走らせた山中は、休日には観光客で賑わう名所なのだ。

「でも、みんなが夢中になるのは、景色より沙由理のほうかもしれないね」

「えっ、優人さん？　あっ……」

気障な台詞で眺望に見入る沙由理の傍へ寄れば、肩にそっと手を掛ける。

ジャケットの袖越しに、細くしなやかな少女の温もりを感じていた。

「ダメ、こんなところ、誰かに見られたら……」

「平気だよ、僕ら以外に誰もいないだろう？　それに、風景より君のほうが綺麗なのは事実なんだから」

嫌味のない、良家の御曹司の発した生真面目な言葉に頬を赤らめる。

たしかに秋晴れの日差しを浴び、輝く少女の美貌には誰もが心を奪われるだろう。

しかし若者が彼女の姿を見れば、別の感想を抱くかもしれない。

「どこにカメラや人の目があるかもしれないから気をつけなさいって、社長にも厳しく言われてるの、キャッ」

人気急上昇中のアイドル、ヴィエルジュのリーダー、緒方沙由理ではないか、と。

「でも、ここは冷えるよ、身体は暖かくしないと、次のステージも近いし気をつけなきゃね」

「うん、このまましばらく、優人さんの肩で暖めて」

嘆願を無視して、さらにきつく抱き締められる。

少女もそれ以上の拒否はせず、ただ愛しい人の腕に身を委ねるだけだった。

「沙由理は何事も一途だからね。最近は根を詰めすぎてやしないか心配してたんだ」

「ごめんなさい。優人さんとも満足に会えなかったし、この間のデートも途中で打ち切っちゃって」

「僕のことは大丈夫さ。それよりも君がいつ倒れてしまうかと気が気でなかったよ」

沙由理の所属するアイドルグループ、ヴィエルジュは三年ほど前に結成された。

やり手の社長により、最近はマスメディアの露出も増え、人気も鰻上(うなぎのぼ)りだ。

無論、沙由理たちの努力やパフォーマンスの才能があったればこそだが。

「だって、社長やメンバーの期待は裏切れないもの。リーダーを受け持つ以上、弱音を吐く姿は見せられなかったの」

「そこが沙由理のいいところだものね。でも、僕にだけは甘えてほしいな」

「ありがとう、優人さん。じゃあ、お言葉に甘えちゃおうかな、うふふ」

周囲に人がいないことで安堵(あんど)したのか、猫みたいな仕草でじゃれついてくる。

人気が上昇したのはこの一年ほどだが、そのせいか満足な休暇も与えられなかった。

これでは身体を壊すと憂慮した優人が、息抜きにドライブへ誘ってくれたのだ。

「でも、少しは休むことを覚えないと。アイドル活動だけじゃなく大学生活もこなしてるんだ。本当に無理をしすぎだよ」

「それは、お父様が学業と両立させることが芸能活動を続ける条件にしているの。どちらも私にとっては大事なものよ」

日頃はリーダーとして気丈に振る舞うが、彼氏の前では二十歳の少女へ戻る。

名門私立大学の同級生でもある君島優人は、沙由理にとって唯一の心の拠り所だ。

アイドルと大学生の二重生活を送る彼女の最大の理解者であり、最愛の恋人だった。

「そっか、そこまで決意してるなら、もう止めないよ。その代わり、疲れたらいつでも僕を頼っておくれ」

「ええ、いまはこうして優人さんに抱かれていたい」

清潔感のある服装に整えられた髪型の優人は、いかにも王子様なルックスである。

理想の彼氏とともに過ごす休暇は、沙由理にとってかけがえのないひとときだ。

「沙由理、もっと近くで顔を見せておくれ」

しかし、豊満な美女に寄りかかられ、健康な男子が邪心を起こさぬはずもない。

「え、優人さん？　アンッ、んんんっ……」

「はあ、本当に今日は綺麗だ。いつもより、ずっと……」

魅惑の肢体に欲望を刺激されれば、少女の細い顎をすっと持ち上げる。

沙由理が不思議そうに見上げた瞬間、柔らかい唇を奪っていた。

「んふっ、んんんっ、優人さあん……」

「愛してるよ、沙由理」

「私も愛してます、優人さん、むふうう」

いきなりのキスに肩を震わせるも、逃れようとはしない。

腕の中の従順な小鳥に満足した男は、しっとりと濡れたルージュを貪る。

熱いベーゼを堪能しつつ、日の光を浴びキラキラと輝く金色のヘアを指で梳る。

「いつ見ても素敵な髪だね。まるで絹みたいな手触りだよ」

「うんん、くすぐったい、でも優人さんに触れられるとすごく気持ちいいの」

豊かな金髪に白い肌、日本人離れした容姿だが、それは沙由理が日露混血だからだ。

父方に白系ロシア人の曾祖母を持つ少女は、生まれながらの美貌の持ち主だった。

「髪だけじゃない、この肌もこの唇も、すべてが綺麗だよ」

「あっ、それ以上はダメ……」

髪を弄んでいた手のひらが、暖かなニットの胸元へ伸びる。

服の上からでもはっきりわかるそれは、男を惑わせる魔性の膨らみだ。

「ああ、すごいね、沙由理のおっぱい。暖かくて、大きくて」

「キャッ、そこはあっ、はああんっ」

いきなり双丘を男の手で摘まれ、乙女にあるまじき声をあげてしまう。

デートでもキスの経験はあったが、それ以上の行為に及ぶことはなかったからだ。

「ふふ、両手でも包みきれないなんて、これが沙由理のおっぱいなんだね」

「アンッ、そんなに激しくしないでえ、んくうっ」

「ねえ、サイズはいくつなんだい、教えておくれ」

「イヤンッ、恥ずかしいっ、そんなこと……」

「お願いだよ、僕にだけ聞かせてほしいんだ」

耳元で甘く囁き（ささや）ながら、つい不躾（ぶしつけ）な質問をしてしまう。

これほどのおっぱいを前にして、聞かずにおれないのは男の性だから仕方ない。

「ううっ、恥ずかしい、九十八なの、Ｇカップの……」

「九十八っ！　うーん、それはすごいなあ」

大きいとは思っていたが、まさか大台の一歩手間とは想像を超えていた。

輝く美貌に見事なプロポーション、アイドルとして絶大な人気があるのも頷（うなず）ける。

「でも、大きいからっていいことはないの。ダンスをするときは邪魔になるし、人前では目立つし、ひゃああんっ、いやあああん」

「ああ、大好きだよ、沙由理のおっぱい。こんなにも僕の手に馴染んでくれる」

「んふう、馴染むだなんて、いやらしい……」

ニットの上からムニュムニュと揉みしだかれ、沙由理は切なげな声を漏らす。

穏やかな日差しの下、若い二人は人目がないのをいいことに愛を深め合う。

「優人さん、もうこれ以上は、ああんっ」

「ずっとこのときを待ってたんだ。少しだけでいい、君を感じさせておくれ」

「んんっ、でも、こんなところでなんてえ」

優人と付き合いはじめて一年半ほどだが、これまで許したのは唇だけだった。

アイドルとして節度あるお付き合いを望み、彼もそれを了承してくれたのだ。

「いいじゃないか、そろそろ僕たちも次の関係に進んでも、ね？」

「でもお、はあっ、んんん……」

常に紳士として接し、キスもデート中に一回までと、約束を守ってくれていた。

しかし二人きりの旅行で、これまで抑えていた思いが暴走したのかもしれない。

いままでとはまるで違う乱暴な愛撫で、身体を求めてくる。

「お願い、優人さあん、ここじゃイヤなの、お願い……」

「沙由理？　ああ、ごめんね、つい君の美しさに夢中になってしまった」

だが、人気（ひとけ）がないとはいえ、さすがにこんな場所では乙女の恥じらいが許さない。

ここじゃイヤと悲痛な表情で訴えれば、無体（むたい）な腕の動きもピタリと止まる。

少女を心から愛する青年としては、これ以上の行為はできるはずもない。

「本当にごめんよ。危うく君との約束を破るところだった、んふう」

「ああ、優人さん、んむううう」

腕の中で怯える少女へ、優しくキスをして許しを請う。

フェンスに押しつけられ身悶える姿は、背筋がゾクリとするほど艶やかだ。

そのまま欲望に流されたかったが、沙由理を傷つけるのは優人の本意ではない。

「んんっ、誤解しないで優人さん、イヤなのはここですることなの。あなたにずっと我慢をさせて、私も謝りたかったから」

「沙由理、そんなに僕のことを思ってくれていたんだ」

「うん、だから、ね、ここじゃなくって、ペンションに着いたら私、優人さんと……」

言葉を重ねるたび、頬は赤く染まり、声もか細くなってゆく。

純潔を捧げる告白をする少女に、優人もまたゴクリと唾を呑み込む。

「いいのかい？　誰からも好かれるアイドルでありたいと、いつも語っていたのに」

「いいの、ドライブに誘われたときから決めていたの。今日こそは優人さんの物になろうって」

いじらしい上目づかいで決意を述べる乙女の姿に、男の胸は激しい動悸を打つ。

ズボンの中でいきり立つ牡のシンボルは、いまにもはちきれそうだ。

「わかったよ、沙由理がそこまで決めてたのなら僕も我慢するよ。さ、身体も冷えそうだし、そろそろ車に戻ろう」

「はい、無理なお願いを聞いてくれてありがとう」

紳士な対応へ戻る姿に安心したのか、素直に従いつつ車中へ戻りシートへ掛ける。

「無理だなんて、君の決意も知らず、ひどい真似をしてすまないと思ってるよ。それじゃあ、ベルトは締めたかい？」

「ええ、お願いします」

「この山を越えれば、ペンションがある保養地まではすぐさ。早くそこで休もう」

いつもの穏やかな恋人の顔になれば、緩やかに発進する。

突然の行為に驚いたが、それも自分を愛する故(ゆえ)と思えば、むしろ嬉しかった。

「優人さん、好きです」

そっと彼氏の肩に頭を乗せ、ボソリと囁く。

優人もその言葉に安堵の息を漏らし、優雅な金髪を撫でつける。

ざわめく恋人たちの思いを乗せ、赤いスポーツカーは再び山道を疾走する——。

第一章　美少女アイドル凌辱計画

目指す景勝の地は、峠を越え山道を下り、三十分ほど車を走らせた先にあった。

美しい白樺の並木が二人を出迎え、赤レンガの遊歩道が彩りを添える。

モダンな駅舎や洒落(しゃれ)た店が並ぶ中央通りは、日本とは違う異国の趣(おもむき)がある。

「落ち着いたいい街だねえ。清潔で空気もよくて、まるで欧州の田舎町みたいだ」

「近くに温泉街があるから観光客はそちらのほうに行くみたい。おかげで穴場の扱いらしいわ。こんな綺麗な街並みなのにね」

たしかに中欧の田舎で見る、シャレースタイルと呼ばれる特徴的な建築物が多い。

石組みの上に木造の家屋が建てられ、広く突き出た屋根が印象的な建物だ。

「でも人が少ないせいか、夏には避暑地として利用されるそうなの。お金持ちの別荘も多いみたいよ」

「そうなんだ、沙由理は詳しいねえ」

事前に下見をしたせいか、助手席の少女は得意げに教えてくれる。

窓から眺める異国情緒たっぷりな風景に、沙由理は子供のように喜んでいた。

「ああ、あれのようだね。たしかに君が言うとおり、小綺麗なところみたいだ」

街の情景に満足しつつ車を走らせれば、目当てのペンションはすぐに見えてきた。

白い外壁と広いバルコニーが美しく調和した、ひときわ目立つ建物だ。

「石上さんは以前から、引退後はこういう街で過ごしたいって言ってらしたの。ただ、いきなり会社を辞めたときは驚いたけど」

訪問するペンションは、沙由理たちの元プロデューサーだった人物が経営している。

一年ほど前、ある理由で事務所を退職し、以後はこの街に半ば隠棲(いんせい)状態だった。

「ふうん、だけどこうして招待してくれるんだ。いまでも君を大事に思っているんだろうね」

「ええ、辞めたあとも、いろいろと相談に乗ってくださったたし。優人さんもたしか一度お会いしてるはずよ」

「そうだったね。あのときは、結婚の許可をご両親にもらいに行くときみたいに緊張したよ」

「まあ、優人さんたら、うふふ」

品のよい冗談に沙由理も笑うが、内心では感謝の念がこみ上げていた。

沙由理が優人と交際したいと願ったとき、社長へ掛け合ってくれた大恩人なのだ。

「いまでも覚えてるわ。優人さんとお付き合いしたいって言った私のために、社長へいっしょにお願いしてくれたこと」

アイドルである以上、異性との交際はどうしても制限される。

まして沙由理は、人気に火がつきはじめたグループ、ヴィエルジュのリーダーだ。

「真剣な僕たちの気持ちを汲んで、門限などの条件付きで認めてくれたんだよね」

「そう、私のために事務所と交渉してくださったあの後ろ姿は、絶対に忘れないわ」

本来禁止の恋愛も、節度を守ると誓って許してくれたことは本当に嬉しかった。

こうして優人と甘い時間を過ごせるのも、すべて元プロデューサーのおかげだった。

恋人たちが過去へ思いを馳せていれば、ようやくペンションの駐車場に到着する。

「僕たちにとっては頭の上がらない人だな。おっと、やっと着いたね。それじゃ、降りようか」

「はい。荷物を出すからトランクを開けてくださる？」

「ああ、いま開けるよ。でも重いから、気をつけて作業してくれたまえ」

駐車エリアに停止させ、後部ハッチをオープンする。

ゴソゴソと取り出していれば来訪を待っていたのか、ペンション入り口の扉が開く。

「おや、あれはここのスタッフの人かな。僕たちの出迎えみたいだね？」

ぬっ、と長身を屈め、鴨居をくぐる人物に気づいた優人が声をあげる。

「ええっ、あれはまさか……雅也さんっ!?」

「雅也さん？　それって沙由理の元プロデューサーだった人かい？」

百九十はある大柄な男性を見て、沙由理はそれが旧知の人物であることに驚く。

ラフなシャツスタイルにエプロンを着けた、いかにもペンションオーナーな格好だ。

「やあ、いらっしゃい。よくきてくれたね、沙由理くん」

「雅也さんっ、ご無沙汰してます。お招きいただき、ありがとうございます」

見上げるような巨軀を揺らした男が、沙由理たちの姿を認め歩み寄ってくる。

かつて、音無プロの敏腕プロデューサーとして鳴らした人物、石上雅也だった。

「到着時刻は予定どおりか、相変わらず時間には厳しいと見える。芸能人としていいことだね」

「それは、雅也さんの指導の賜物です。アイドルはなにより時間を厳守するようにと、一番初めに教わりましたから」

きりりと威儀を正しお辞儀をすれば、強面に反した愛想のいい声が掛けられる。

見た目とは違う雅也の柔和な物腰は、事務所の女の子たちの間でも評判だった。

「ははは、そんなこともあったっけな。私みたいな引退した人間の言葉なんて、いつまでも気にとめる必要はないよ」

「いえ、雅也さんは私の恩人ですもの。いただいた助言はすべて覚えています」

こうして対面していても、巨漢の雅也とは目線の高さが頭一つ分ぐらい違う。

短く刈り揃えられた髪に濃い髭は、熊みたいだと初めて会ったときは思ったものだ。

しかし、その外見からは想像もつかない振る舞いで、紳士的な応対をしてくれる。

「で、そちらの男性が君島優人くんか。以前お会いしたことがあったかな？」

「はい、お久しぶりです。沙由理と交際のお許しをいただくときには、お世話になりました」

いかにも上流育ちらしいスマートな礼をしつつ、優人は頭を下げる。

丁寧な挨拶に慣れていないのか、雅也のほうは目を丸くする。

「おいおい、こんな隠居したおじさんに向かって畏まらなくてもいいよ。それに二人の仲が順調なようで、私としても嬉しいしな」

「まあっ、隠居だなんて、そんなお歳でもないのに」

自分でおじさんと言うが、雅也はまだ二十九歳の若さである。
以前は長身に映えるスーツ姿で、いかにも遣り手のプロデューサーな見た目だった。
そのときの精悍な面立ちだけは、いまだに変わってはいない。

「さて、ここで立ち話もなんだし、早く中へ入ろうか。受付で手続きも済ませてほしいしね」

「はい、ではお邪魔します」

「あ、待って沙由理、荷物なら僕が持つよ」

「いいのよ、優人さん。手荷物ぐらいは自分で持つようにって、雅也さんにも言われたことなの」

律儀に教えを守る少女を見て、雅也は苦笑を浮かべつつも嬉しげだった。
オーナーに案内されエントランスをくぐり、質素だが小綺麗なホールへ踏み入れる。

「それじゃあ、こちらの受付でチェックインしてもらえるかな。そのあとに当ペンションの説明をするよ」

まだ築造されて新しいのか、芳しい木の香りが鼻をくすぐる。
壁一面を飾る民族調のタペストリーは、美しい紋様で訪問者を歓迎してくれていた。

「わかりました。ご丁寧にありがとうございます」

受付後ホールを右に折れれば、カウンターが併設されたダイニングへ通される。

四人掛けテーブルが五つ並んだ簡素な造りだが、淡い照明がムードを盛り上げる。

しかし目を奪われるのは、さまざまなアルコール類が並ぶバーカウンターだった。

「夕食は十八時から二十時の間だから、その時間内に済ませてくれたまえ。あと、バーにはいろいろとお酒が揃えてあるから、自由に注文してくれてかまわないよ」

「ずいぶん本格的ですね。以前、雅也さんがショットバーを経営したいと言っていたことを思い出しました」

「ささやかな夢の達成というやつさ。それとたぶん、沙由理くんが一番楽しみにしている温泉だけどね」

温泉、というワードが出ただけで、沙由理の瞳は薔薇色に輝く。

「はいっ、実は私っ、温泉に入るのを一番楽しみにしていたんですっ」

「おや、それはよかった。入浴時間は十七時からだから、開始時刻になったらアナウンスで知らせるよ」

「ありがとうございます、雑誌で見たときから気になっていたんです。すごく見事で綺麗なお風呂でしたよねえ」

旅行雑誌に組まれた近場のペンション特集に、ここの温泉があったことを思い出す。

優人から息抜きにと誘われたペンションで、ひときわ興味を引いたのが温泉だった。

「そんなに喜んでもらえるとは嬉しいね。まあ、お湯は近くにある温泉郷から引いたものだけど、露天風呂の造りだけは他には負けないよ」

「映像で見るだけであんな綺麗なんですもの。きっと本物は、もっとすごいんでしょうねえ」

美しい山々を眺めつつ浸かる露天風呂は、さぞや心が洗われるほどの風景だろう。

まして美容にもよいと喧伝されたお湯に浸かるのは、楽しみで仕方がなかった。

「ご期待に添えるよう努力するよ。夜でも入れる仕様だから、存分に疲れを取っていくといい。おーい、田川さーん」

受付へ声を掛ければ、雅也と同じエプロンを着た五十がらみの女性が現われる。

「こちらのお嬢さんたちを二〇一号室へ案内してもらえるかな。あと、二〇三号室の掃除も頼むよ」

「よろしくお願いします。他にも従業員の方はいらっしゃるんですか？」

「ここに住み込みでいるのは私だけさ。あと数人、雑用をこなしてくれる女性をパートで雇ってはいるがね」

口ぶりからして、雅也はどうやらいまだに独り身らしい。

退職後、親の遺産を引き継ぎペンションを経営したのも結婚が理由ではなさそうだ。

「詳しいご説明をありがとうございます。じゃあ、部屋へ行こうか」

「あっ、優人さん？　はい」

二人のやりとりを見守っていた優人が、一礼後、沙由理の肩に掛け部屋へ誘う。

まるで、沙由理と雅也の親密さに嫉妬したかのようだった。

「石上さん、ありがとうございました。沙由理、まずは部屋でひと休みしようか」

「ええ、わかりました。それでは雅也さん、またお夕食のときに伺（うかが）いますね」

これ見よがしに少女の肩を抱けば、その瞬間だけ笑顔だった雅也の頬が引きつる。

沙由理は男同士のやりとりなど知りもせず、案内に従って自室へ向かう。

「今日のメニューは期待してくれたまえ。腕によりを掛けて作るよ」

後ろ姿に声を掛けられ慇懃（いんぎん）にお礼をするが、少女は気づいていなかった。

二人を見送る雅也の目が、暗く沈んでいるなどあるはずもないと信じていた――。


「二〇一号室、ここですね、わざわざありがとうございます」

通された部屋で従業員にお礼を言ったあと、キーを受け取り中へと入る。

上質なベッドが並ぶツインルームは、ペンションとは思えぬほど広く豪勢だった。

「いい部屋じゃないか。インテリアも小洒落ていて、趣味がいいものばかりだ」

バッグを下ろし、ようやく人心地つけば、クラシカルな内装に目を見張る。

壁に掛けられた有名画家の複製画は、落ち着いた雰囲気の部屋によく映える。

「見て、優人さん。窓からの見晴らしもすごくよくて、紅葉が始まればあの山も赤く染まるのね」

窓際へ寄った沙由理は、ベランダから見渡せる遠望に胸をときめかせていた。

秋の日差しの下、穏やかな自然の営みに見入っている。

「ああ、そうだね……」

だが優人のほうは、そんな艶やかな後ろ姿を熱の籠った瞳で凝視する。

美しすぎる佇まいに淫らな戯れを思い出したのか、そっと少女の後ろへ忍び寄る。

「ねえ優人さん、ディナーまでは間がありそうだし、どうしましょう。少し散歩でも……キャッ？」

振り向いた途端、少女は男の腕の中へ囚われる。

「綺麗な髪だね、やはりいい匂いがするよ」

後ろから抱きすくめられ、見事な金髪がふわりと宙を舞う。

「アン、どうしたの、優人さん、んんっ、そんなふうにギュッてされたら……」

「やっと二人きりになれた。待っていたんだよ、このときを」

香水の混じった美少女の体臭は、媚薬かと思うほど牡の欲望を焚きつける。

九十八のGカップに悩ましげにくびれたウエストラインは、存在自体が罪深かった。

「ダメ、まだ着いたばかりなのに、むふっ、んんんっ」

「ああっ、沙由理っ、んふううううっ」

おいたをたしなめようとするも、次の瞬間には魅惑の唇を犯される。

「んんっ、ふううんっ、優人さんっ、あああんっ」

「ずっと我慢していたんだ、これ以上待てないよっ」

「でもお、いきなりだなんて、はあんっ、ふむううううっ」

到着早々のキスに戸惑いの声をあげるも、もはや優人は躊躇しなかった。

華奢な少女の肢体が壊れるほど強く抱き締め、いやらしい動きで舌を差し入れる。

「さあ、もっと舌を出しておくれ」

「んんんっ、こう？　優人さあん、んちゅうううううっ」

山中での行為以降、若い肉体はずっと欲望の疼きに耐えてきたのだろう。

チロチロと舌を絡ませながら、甘ったるい台詞で少女の身も心も解きほぐす。

「ふふっ、いい子だね、ぬふっ、んむううう」

「だって、あなたに抱き締められたら、それだけで私、ああんっ」

驚きはしたが沙由理自身、優人に抱かれることを決意してペンションへ来たのだ。

瞳をうっとりさせ、恋人の粗野な行為にも抵抗はしなかった。

「じゃあ、さっきの続きをしようか」

「アアンッ、またおっぱいをっ、いやあああん」

少女が拒否しないことに安堵したのか、無骨な手のひらがニットの胸元へ伸びる。

いやらしい手つきで揉みしだくさまは、ふだんの紳士的な優人とはまるで違う。

「本当に大きいね、沙由理のおっぱいは。それに、すごく暖かいよ」

「はああ、そんなにムニュムニュされたら、んっ、強くしないで……」

伸縮性のあるニットセーターは、瑞々しい感触を余すところなく伝えてくれる。

しかし布越しの愛撫だけでは、とうに満足する限界を超えていた。

「もういいかな、いいよね、沙由理。君の肌を直に感じたいんだ」

「ええっ、そんなの、やあああんっ」

ゴソゴソと服の中へ滑り込む腕に、可憐な鳴き声があがる。

小鳥の囀りにも似た少女の嬌声を浴びれば、むしろ脱がす歓びも増すかのようだ。

「かわいいブラだねえ、まるで沙由理のために誂えられたみたいだよ」

「そんなこと言わないで、恥ずかしい……」

ニットをまくし上げられ、いかにも高級そうなシルクのブラジャーが露になる。

レースで彩られた純白のランジェリーは、美巨乳を麗しく引き立てる。

外すのがもったいないと思えるほど、それは男の情欲を焚きつける。

「綺麗だ、君の肌と同じぐらい白いランジェリー、夢中になってしまいそうだよ」

「嬉しい、優人さんに綺麗って言ってもらえて、このブラにした甲斐があったわ」

日本人離れした巨乳の沙由理にとって、サイズの合う下着を探すだけでも一苦労だ。

だからこそ、彼のために精一杯お洒落をしようと思い、選んだブラなのだ。

「じゃあ、僕に見せるために、このランジェリーにしてくれたのかい？」

「うん、あなたに見られるかもしれないって思ったから、一番かわいいものにしたの」

顔を真っ赤にした少女がコクリと頷く。

「そうだったのか、沙由理みたいな最高のアイドルにそこまで思われるなんて、僕は世界一の幸せ者だよ」

殊勝な面持ちにあらためて感謝の念が湧けば、もう堪えられそうにない。

「いいかい？　脱がすよ、沙由理のブラ」

「えっ、ひゃあああんっ、やめてえ、あああんっ」

艶やかな少女の鳴き声をバックに、ブラをゆっくり上へずらす。

たちまち、ぽよんっと拘束を解かれ現われるGカップバストに息を呑む。

白く艶やかなおっぱいは重力の影響など微塵も受けず、美しい形を保っていた。

「ああ、これが沙由理のおっぱいなんだね。大きいのにこんな瑞々しいなんて、信じられないや」

「見ないでえ、優人さん、お願い……」

初めて目にする豊満な双丘は、溜息を吐くほどの神々しさだ。

これほどの美巨乳を愛撫できる幸福を喜びつつ、夢中になって揉みしだく。

「はあはあ、柔らかいのに手に吸い付いてくる。こんなおっぱいは初めてだっ」

「アンンッ、それ以上はっ、ああっ、きゃあああんっ」

いまだ明るい日差しの下、背後からおっぱいを揉まれ、囀りもさらに昂る。

愛しい人から綺麗と言われて、初心な生娘も女の歓びに目覚めたようだ。

「雪みたいに白くて滑らかで、沙由理の身体はすべてが美しいねえ。あっ、乳首がツンてしてきたよ？」

「ひゃあああんっ、摘まんじゃダメえええっ」

Ｇカップ美巨乳の中で自己主張する桃色乳首を、指でチョンッと突く。

軽く触れただけなのに、少女の身体はビクンと震え、官能に戦いていた。

「ダメだなんて、でもこんな触ってほしそうにしこっているじゃないか」

「だってえ、優人さんがいやらしく触るんですもの、キャンッ」

「いやらしいのは沙由理のおっぱいさ。みんなから愛されるアイドルが、こんなにエッチだったなんて」

「いやああん、言わないでええっ」

クリクリと過敏な乳頭をいじめてゆけば、昂る吐息が淫らな密室に充満する。

優人も興奮からか無意識のうち、腰を柔らかなヒップに擦りつけていた。

「んんっ、優人さんのが当たってるのお、これが男の人の、すごく熱い……」

「ああ、僕も気持ちいいよ、早く沙由理と一つになりたいんだっ」

「ふあんっ、硬いのがさらにグリグリってええっ、お尻がおかしくなっちゃううっ」

ズボンの上からはっきりとわかるほど、牡のシンボルは自己主張している。

感じやすいヒップに怒張の熱を受け、少女の全身にも甘美な電流が走る。

この肥大化した肉棒に貫かれると思うだけで、いつにない興奮に襲われていた。

「いいよねっ、沙由理、すぐにでも君を僕の物にしたいっ」

「ええっ？　ああんっ、ダメッ、待ってえっ、きゃあっ」

いきなり壁へ押しつけられ、片太股だけグイと持ち上げたスタイルにさせられる。

大きく脚を開いたポーズでは、乱れたスカートの裾から純白のショーツが丸見えだ。

「これが沙由理のショーツなんだ、夢の中で何度も君のここを想像したんだよ」

「あんっ、見ないでえっ、これ以上はっ、あふっ、んむううう」

はしたない格好をさせられ恥じらうが、抵抗する間もなく再びキスで口を塞がれる。

ぬるりと差し込まれた舌が少女の思考を奪い、頭に白い靄がかかってゆく。

「はあ、むふううう、もう辛抱できないんだ、君のすべてが見たいんだっ」

「んふっ、ちうううう、はあんんんっ、優人さんの指がっ、きゃあああんっ」

ついに無体な手のひらが処女の聖域へ闖入し、麗しい肢体が激しく痙攣する。

太股を上げお股を開いたポーズでは、粗野な手も易々と受入れてしまう。

「ふふっ、ショーツが濡れてるよ。僕の愛撫で感じてくれたんだ」

先程からのキスや愛撫により、純白の布帛にはいやらしい縦スジが浮かんでいた。

「それは、優人さんの触り方がいやらしすぎるからあっ、ゾワゾワしちゃううっ」

「もっとゾワゾワさせてあげるよ、沙由理の感じた顔をいっぱい見たいからね」

「ああんっ、それ以上クリクリしちゃいやあっ」

少し強めに湿ったスジを撫でれば、クチュリと淫靡な音が響き、嬌声の艶も増す。

ふだんは淑(しと)やかな沙由理も敏感な部分を弄(いじ)られ、娼婦のような媚態を晒してしまう。

「すごいな、こんなに濡れるものなんだ。沙由理は感じやすいんだね」

「わかりません、こんなこと初めてなの。優人さんにキスされて、身体が熱くなって、気づいたらこんなふうに、ひゃんっ」

恥じらいつつ、性感に目覚めたことを告白する少女の姿は愛おしい。

わかってはいたが、あらためて沙由理が処女であると確信し、優人は内心で狂喜する。

「そうか、君を感じさせたのは僕が最初なんだ。ああっ、これ以上は耐えられそうにないよっ」

誰からも愛される、清純派アイドルの沙由理。

秀麗(しゅうれい)な美貌と豊満な肢体を持った美少女の純潔を、これから奪えるのだ。

ありえないほどの興奮から、優人の逸物はすぐにも果ててしまいそうだ。

「いいよね、行くよっ、いますぐ君の中へ入れるよっ」

「ああんっ、お願い、優しくして……」

「わかってるよ、沙由理は初めてだものね。でも少しだけ、僕の自由にさせておくれ」

少女の痴態に満足すれば、クチュクチュと割れ目を弄る指でショーツをずらす。

ぴったりと身体を重ね合わせ、はちきれんほど漲る逸物をズボンから取り出す。

「くうっ、優人さんのが私の大事なところに当たってるうっ、とっても硬いのおっ」

「んううっ、なんて暖かいんだ、触れただけでイッてしまいそうだっ」

「はああ、優人さんのも熱いわ、熱すぎてどうにかなっちゃいそう……」

剛直が濡れそぼる割れ目へ突き立てられ、官能に怯える美女の声があがる。

先端がぬるりと滑る蜜園の中心に触れれば、二人が一つになるまであとわずかだ。

「沙由理っ、入れるよっ、入れるからねっ、ああっ」

「アンンッ、優人さん、ゆっくりい、まだ怖いのおお」

恋人たちが愛を交わす秘めやかな密室は、薔薇色の空間へと変わる。

思いを通じ合わせた沙由理と優人は、ついに身も心も結ばれようとしていた。

しかし、いざ腰を突き出そうとした直後、室内に無情なアナウンスが流れる。

『えー、ゴホンッ、ご宿泊のみなさま、本日はお越しいただきありがとうございます。

あと三十分でディナーの用意が整います』

「ええ？」

「キャッ、この声は雅也さん？」

突如流れる館内放送に沙由理たちは、一瞬で水を掛けられたように静かになる。

『本日のメニューは地産の鴨や山菜を使用した、みなさまを満足させる品となっております。お誘い合わせのうえ、ご来訪をお待ちしております』

誇らしげに語るさまは、敏腕プロデューサーとして活躍していた頃を思い出させる。常に自信たっぷりな口調で、沙由理たちにも不思議な力を与えてくれる声だった。

『なお露天風呂は、すでに入浴開始となっています。お食事前に入るもよし、食後に汗を流すもよし、当ペンション自慢のバスタイムを存分にご堪能ください』

アナウンスはそう告げたあと、ぷつりと消え、あとには静寂(せいじゃく)だけが残される。

重なっていた二人も、どこか所在なさげに顔を見合わせる。

「いけない、もうこんな時間なのね、早く準備をしないと」

「あっ、ああ、そうだね、いつの間に過ぎてしまったのか……」

慌てて時計を見れば、たしかにもう十七時を回っている。

情事に夢中になり時の過ぎるのも忘れれば、途端ばつの悪い顔を浮かべる。

「んっ、優人さんお願い、離れてくださる？　早く用意をしないと」

「はっ、ごめんよ、痛くはなかったかい。また僕は欲望に流されて君を……」

「ううん、あなたに迫ってもらえて嬉しかったわ。でも、お夕食に行かないとね」

のぼせあがった頭に冷や水を掛けられ、名残惜しげに合わさっていた身体を離す。乱れていた着衣を直し、何事もなかったようにすました表情を作る。

「そうだね。でも僕のほうこそ、急に求めてしまって済まなかったよ」

ついさっきまで、肉欲に溺れていたとは思えぬ紳士な態度で沙由理を慮る。

もっともいまだ情念の燃えさかる瞳は、少女をギラつく目線で舐め回しているが。

「ええ、雅也さんを待たすわけにはいかないもの。私も着替えないと、先にレストランへ行ってくださる？」

バッグとともに持ち込んだ衣装ケースから、略装のドレスを出して着替えはじめる。招待を受けた以上、夕食時にはそれなりの格好をしなければと思い持参したのだ。

「わかったよ、じゃあ僕は先に行くよ。でも沙由理、夜こそは君を、いいよね？」

「あっ、優人さん……」

愛撫で乱れた衣服を脱ぎ、貴婦人の装いへと変わる少女の肩にそっと触れる。

やはりまだ情事の残滓を感じているのか、少女の耳元へふっと息を吹きかける。

「んんっ、はい。お食事が終わって、二人きりになれたらそのときには……」

「ああ、僕もそのときが待ち遠しいよ。では、行くね」

淫靡な囁きとともに、優人は部屋をあとにする。

残された室内で溜息を吐く沙由理だが、その頬は赤く染まったままだ。

無論、絡み合う二人を監視する目があることにも気づくはずはなかった——。


「危なかったな、しかしあそこまで大胆に迫るとは」

豪華な内装の客室とはまるで違った狭い密室に、呻き(うめき)にも似た男の声が響く。

四畳半ほどの室内には、デスク上に十台ほどの監視モニタがびっしり並んでいる。

そのうちの一つ、二〇一と記された画面を食い入るように凝視するのは雅也だった。

「それにしても、やってきたばかりだというのにいきなり盛る(さかる)とは。これだから、あんな男に任せるわけにはいかない」

シートをギシリと揺らしながら、眼前のモニタを見つつ呟く(つぶやく)。

雅也がいるのは受付の奥にある、自分以外は入室禁止のプライベートルームだ。

ペンション中に設置された隠しカメラにより、すべての事象が見渡せるのだ。

「おかげでいい画像は撮れたが、まったく油断も隙もない。あと十秒遅れたら、どうなっていたことやら」

傍ら(かたわら)に置いてあるアナウンス用のマイクで邪魔はしたが、しっかり冷や汗をかいた。

どうやら沙由理がこのペンションにきてから、ずっとカメラで覗いていたらしい。

「それにしても、いい女になったたな、沙由理。三年前はまだ子供っぽかったのに」

清楚なドレスに着替える少女の後ろ姿を観察しながら、偽りのない感想を漏らす。

ヴィエルジュのメンバー三人は、彼が手塩に掛けて育ててきた箱入りアイドルだ。

才能の発掘からレッスンや売り込みまで、あらゆる面で親身に面倒を見てきた。

「沙由理、望美(のぞみ)、そして杏華(きょうか)。三人とも会わなくなって、もう一年ほどになるか」

いわば雅也にとって、二十九年の人生のすべてを捧げた最高傑作なのだ。

しかし、そんな彼女を見る目つきは、どこか歪(ゆが)んでいた。

「みんないずれ俺が……そう思っていたんだ。ふふっ、そろそろ食べ頃だな？」

モニタの前でたとえようもないほど、いやらしい舌舐めずりをする。

その横顔は、先程まで温和な笑みを浮かべていた好青年とはまるで違っていた。

胸中に邪悪な陰謀が渦巻き、沙由理をこの地へ招いたのも目的がありそうだった。

「さて、早く夕食の準備も済ませないとな。アナウンスした手前、早くしないと不審に思われる」

ドス黒い表情のまま、雅也はデスクから立ち上がり、キッチンへ向かう。

卑屈に歪んだ口元は、沙由理の記憶にある温和なプロデューサーのものではなかった。

＊

見上げる満天の星空は、あまねく銀河の煌めきを凝縮したような美しさだ。

「はあ、優人さんたら……」

仄(ほの)かな香り漂う露天風呂で沙由理は一人、湯船の縁に腰掛け独りごちていた。

自慢されるだけあって、自然の景観をそのまま移したお風呂は見事な造りだ。

もう日付も変わろうかという時間帯だが、夜空を眺めつつ溜息を吐く。

「せっかく二人きりになれると思ったのに、もう寝ちゃうなんて……」

ライトアップされたせいか、むしろ星の輝く夜のほうが華やいで見える。

深夜のため入浴者は沙由理しかおらず、ほぼ貸切り状態だ。

しかし念願の温泉に浸かっていても、つい恋人への不満を漏らしてしまう。

「たしかにお夕食は美味しかったけど、あんな調子に乗って食べることもなかったのに……」

あのあと雅也の招待を受け出された夕食は、珠玉(しゅぎょく)の逸品というべき美味しさだった。

　ふんだんに山の幸を使ったメニューは、若い二人の食欲を十二分に満たしてくれた。

「ディナーに出されたワインを飲みすぎたせいかしら。雅也さんも盛んに勧めていたし」

　雅也の歓待に煽られるままグラスを開け、気づけばかなりの酒量を嗜んでいた。

　そのせいか夕食後、優人はさほど時間もおかず、すぐに寝入ってしまったのだ。

　現在も自室のベッドの上で、前後の別なく高鼾をかいている。

「うーん、今日はずっと車の運転していたし、疲れたのかな？　はあ、でも夜はこれからなのに……」

　熟睡の原因を疲労に求めるが、案外それが真実かもしれない。

　とはいっても、残された沙由理としては、文句が言いたくなるのも無理はなかった。

　せっかく二人きりの旅行で、彼氏が恋人を放って酒に溺れてしまったのだから。

「私だって期待していたのに、もうっ、優人さんたら、ああ……」

　吐息とともに、バスタオルに包まれた白い乳房も悩ましげに揺れる。

　アップに纏めた金髪が蒸気を孕んでキラキラと光れば、瞬く星々も色を失う。

「やだ、私ったらなんてことをっ、いくら迫られたからって、はしたない」

　輝く美貌と裏腹に、少女は口にした自身の台詞に赤面してしまう。

良家の子女として育てられた沙由理にとって、あまりにも不躾な言葉だった。

「んんっ、でも、優人さんたら今日は積極的で、私もいっぱい感じて、身体が熱くなってきちゃう……」

豊満すぎる肢体をしどけなく横たえ、二十歳の美少女は官能的な一日を追想する。

キスから始まり、感じやすい乳首を弄られ、あられもない声をあげてしまった
「いきなりキスをされて、身体をあんなにエッチに触られて、んんんっ」

昼間受けた愛撫を思い出し、娘盛りの肢体は快感に悶える。

ほんの少し指で撫でるだけでも、淑やかな肌は敏感に反応してしまう。

「あのときの優人さん、おっぱいをムニュムニュって、いやらしく執拗に、ああんっ」

優人にされたのと同じように乳房を弄れば、たちまち艶めいた声があがる。

いくら人がいないといえ、こんな場所で身体を慰めるなど、自分でも信じられない。

「ああ、どうしたの、私、こんなに気持ちいいの初めて、触っただけなのに……」

長身にGカップという誰もが羨むボディの沙由理だが、性に関しては実は奥手だ。

恋人はいても行為はキス止まりで、オナニーも数えるほどしか経験はない。

「身体が熱いの、いったいどうしちゃったんだろう、ああんっ、ダメえっ」

しかし露天風呂の開放的な雰囲気が、少女に未体験の愉悦を与えてくれる。

たまらずバスタオルを下ろせば、見るも麗しい裸体が露になる。

白い肌、たわわに実ったバスト、見事にくびれたウエストは理想の貴婦人だった。

「いけないわ、誰かくるかもしれないのにこんなこと、アンンッ、いやああんっ」

頭ではわかっていても、アルコールの入った肉体はより大胆な行動を求める。

愛しい人から受けた愛撫を思い出すと、もう手慰みを止めることなどできなかった。

はしたなさを自覚するほどに、いままで感じたことのない刺激が駆け抜ける。

「んくううっ、身体が痺れちゃううう、優人さあああああん」

クリクリと過敏な乳首をいじめてゆけば、突き刺す性感が痛いほど気持ちいい。

これほどまでに感じるオナニーは、沙由理自身も初めてだ。

「お願い、もっとしてえ、もっと私をいじめてえっ」

ついいやらしい言葉づかいで、妄想の中の恋人におねだりをする。

いつしか行為に没入すれば、乳輪が生意気にもピンクに色づきしこり立つ。

「はあはあ、優人さんの大きくなったおち×ちん、すごかったの、熱くてビクンビクンして」

自慰がエスカレートすれば、もう我慢できなかった。

しなやかな指をそっと、もっとも感じやすい秘所へ伸ばす。

「あの人の硬いのが、私のここに当たって、ああっ、はあああんっ」

稲妻に似た衝撃を全身に受け、天に響くほどの甲高い声をあげてしまう。

そこはもう、ありえないほどしっとり濡れ、牡のシンボルを待ちわびていた。

「くううっ、なにこれえ、こんなにいっぱい濡れて、私じゃないみたい」

過敏な肉芽を弄りながら、ぬるぬるに湿った割れ目を一心不乱に弄る。

湯煙漂う深夜の露天風呂で、一人の美女が人目も憚らず自慰に耽っている。

それが現役アイドル、緒方沙由理であると言われても、信じる者はいないだろう。

「いけないわ、私はアイドルなのに、ヴィエルジュのリーダーなのに、こんなとこでなんてっ、あああああんっ」

言葉にすれば逆に情感が高まり、より背徳的な快楽に没入してゆく。

クリクリと陰核をイジメながら、眉を顰めつつ少女は昇りつめる。

「はああ、優人さん、優人さあん、私のここがこんなにグショグショになってええ、早くあなたに貫いてほしいのおお……」

見てといわんばかりに脚を大きく広げ、グチュグチュと秘裂を掻き回す。

あられもない声も出し、もはやアイドルとしての恥じらいなどかなぐり捨てていた。

ただ牡の逸物に征服されることを望む、淫らで美しい牝がそこにいた。

「はああんっ、もうダメえええええっ、どうにかなっちゃううううううっ」

嬌声がひときわ高まった瞬間、割れ目をなぞる細い指がぬぷりと差し込まれる。

ついに絶頂に達しそうになったそのとき、勢いよく入り口の扉が開く。

「あああっ、キャッ、ええっ？」

この深夜に他に入浴者がいるとは思わず、悲鳴にも似た声を出す。

まさかこんな時間に、自分以外で入浴客がいたというのだろうか。

「誰？　優人さん？　でもこっちは女湯なのに……」

慌てて脱ぎ捨てたバスタオルを纏い、さっ、と湯船の中へ隠れる。

霧のように立ちこめる湯煙のせいで、入ってきた人物の姿はよく見えない。

「あの、どちらさまでしょうか？」

まさか自慰に耽ったはしたない声を聞かれたと思えば、羞恥で顔が真っ赤になる。

問いかけても謎の人物は答えず、ずいとこちらへ向かってくるのも不気味だ。

不安を感じ、逃げだそうとするが、怯える少女の耳に聞き慣れた声が掛けられる。

「おや、誰かと思えば……君も入っていたのか、沙由理くん」

「ええっ、あなたはっ？」

靄が晴れ、視界も鮮明になれば、小山のような筋肉質の巨体が現われる。

浴場へ入ってきたのは、ペンションの主である雅也自身だ。

筋骨逞しい肉体で腰にタオルを巻いただけの姿では、少女には刺激がきつすぎた。

「雅也さんっ？　あのっ、どうしてこちらへ、ここは女湯なんですけど……」

危うく悲鳴をあげるところだったが、柔和な笑顔が沙由理から恐怖心を奪う。

他の男ならいざ知らず、気心の知れた雅也なら大丈夫と安堵の息を吐く。

「ああ、言ってなかったかな。深夜は入浴客も少ないので、男湯は締めてしまうんだ」

もっとも、お風呂で裸の男性といっしょにいるという事態に変わりはないが。

「それで、二十三時以降は女湯を混浴にしているんだよ。パンフレットに説明がなかったかい？」

「えええっ、それは、すみません、よく見ていませんでした……」

そんなふうに説明されれば、たしかに注意書きがあったかもしれない。

温泉にばかり気をとられ、大切な事項を見落としたのかもしれなかった。

「私も業務を終えたあと、この時間に入るのを楽しみしていてね。しかし君がお先にいるのでは、失礼したほうがいいかな」

「あっ、いいえ、そんなことありません。以前お仕事でもごいっしょしたし、むしろそのほうが安心します」

　そこまで言われては拒否するのも、逃げ出すのも躊躇われた。

　なにより雅也といっしょにいたほうが、誰かきても安全という気持ちが強かった。

「それは悪いねえ、では入らせてもらおうか。ふう、やはり夜空を見上げながらの露天風呂はいい」

「はい、こんな風景を毎日見ている雅也さんが、うらやましくなりました」

「フフ、毎日となるとさすがに見飽きてくるがね。でもその様子では、沙由理には気に入ってもらえたようだ」

　百九十を越える長身を屈め、満足そうにざぶりと湯船の中へ身を横たえる。

　まるで熊の行水みたいと思う沙由理は、いつしかいっしょに入るのが楽しくなっている。

「こうして君といっしょに入るのは、たしか一年半ぶりかな。雑誌の取材で温泉地へ出かけたとき以来だね」

「覚えていらしたんですね。あのときは雅也さんに、ご迷惑をおかけしました」

　露天風呂で昔話に花を咲かせるが、さすがに雅也とは距離を置いて座っている。

　自室に恋人を待たせている身としては、そう近づくわけにはゆかなかった。

「あれは、ヴィエルジュが人気の出はじめた時期だったね。グラビアの撮影で温泉地へ行ったときだと思ったけど」

「ええ、あのとき温泉に入るのを私が拒否して、雅也さんがそれを懸命に取りなしてくれたんですよね」

グラビア撮影も兼ねた取材先で、かなり際どいセミヌードを要請されたからだ。

無論、そんな要求は断るところだが、生憎そのカメラマンは業界の有名人だった。機嫌を損ねれば今後に差し障りがあると思った雅也が、文字どおり人肌脱いだのだ。

「ふふっ、いきなり服を脱ぎだしてご自分から温泉に入って、撮影家の方も目を丸くしてましたよね」

「よく覚えていたね。元々は仕事内容を把握してなかった私に非があったし、君たちを守るためには仕方なかったんだよ」

「でも、雅也さんが庇ってくれて嬉しかったです。あれで私たち、救われたように思いましたから」

呆れるカメラマンを尻目に撮影は続行され、なんとか事なきを得た。

撮影後は雅也といっしょに沙由理も温泉を堪能し、いまではいい思い出になっている。

「ははっ、そんなふうに感謝されてもねえ。私もアイドルといっしょに温泉へ入れて嬉しかったんだよ」

「まあっ、雅也さんたら、私のほうこそ感謝してますよ。いえ、私だけじゃなく望美さんや杏華さんもね」

「ああ、彼女たちにも久しく会っていないねえ。みんな元気にしているだろうか」

和やかなムードが二人の間に流れ、沙由理は心の中で安堵の息を漏らす。

つい先程までの火照(ほて)った秘め事も、どうやら気づかれていないようだった。

だが少女の胸の内を見透かしているのか、唐突に雅也は話題を切り替える。

「ところで、沙由理、一人でお風呂にいるということは、君島くんはいま部屋にいるのかい？」

「え？　はい、そうなんです。お夕食のあと、すぐにベッドで横になってしまって」

急に話を振られ面食らうが、信頼を置いているためか不思議にも感じない。

ましてや下卑(げび)た男の視線で豊満な肢体を視姦されているなど、思いもしない。

「そうか、それは大変だねえ。彼もここにくるまで運転しっぱなしだったみたいだし、疲れたのかもしれないねえ」

「どうもそうみたいです。私が無理を言ったせいか、ベッドで熟睡しているんです」

「いや、こちらもお酒を勧めすぎたのかもしれないな。疲労には、なにより効く地酒だったのだがねえ」

「そんなっ、あなたのせいじゃありません、優人さんが飲みすぎたせいなんです。あれ、雅也さん？」

雅也の思いやりに畏まるが、気づけばいつの間にか沙由理のすぐ傍に座っていた。鋼のような体軀の男が発する熱気に煽られ、さすがにたじろぐ。

「あの地酒には特別な効果があるんだよ……とくに君たちのような若者にはね」

「あの、その、雅也さん、すごく近いんですけど、もう少し離れていただけますか」

気心の知れた人物とはいえ、裸でここまで接近されれば警戒してしまう。

それにどことなく、雅也の口調や目つきがいつもと違っている。

「ひと口でも飲むとね、そう、身体が火照ってたまらなくなるんだ。喉の渇きに耐えられなくなるみたいにね」

「渇き……身体が火照るって、どういうことでしょうか？」

いきなりの卑猥な内容に、沙由理は背筋がゾワリと逆立つ感覚に襲われる。

一刻も早くこの場から去れと、乙女の予感が告げていた。

「まるで身体の芯が燃えるように熱くなるんだ。ただそれが効くのは女性に対してだけでね、男にはただの度の強い酒でしかないのだけど」

「女だけって、あの、なにを言ってるんですか。私そろそろ上がりますね、今日はありがとうございましたっ」

人の変わった調子で話す雅也に戸惑い、早々に話しを切り上げる。

さっと湯船から立ち上がり、一礼後、脱兎のように立ち去ろうとする。

「おっと、待ちたまえ、まだ話しは済んでいないよ？」

「ええっ、きゃあっ、なにをするんですかっ」

だが逃げ出そうとした少女の手首を、太い腕がガシリと摑む。

細く白い手にゴツゴツとした筋肉質な二の腕は、あまりにも不釣り合いだった。

「せっかくいい風呂と思い出に浸っているんだ。もう少しぐらい楽しませてくれ」

「痛いっ、離してくださいっ、いやああっ」

ぐいと両腕をねじ上げられれば、か細い少女では抵抗できるはずもない。

雅也の乱暴な行いが、沙由理には信じられなかった。

「逃げることはないだろう？　さっきまでここでお楽しみだったじゃないか。かわいい声をあげてね」

「ふえっ、なんでっ、どうしてそれをっ」

耳元で告げられる、驚愕の事実に絶句する。

お風呂場ではしたなくも自慰に耽っていたことは、すべて筒抜けだったのだろうか。

「脱衣所からも聞こえていたよ、君のあられもない囀りがね。ずいぶん、お楽しみだったみたいじゃないか」

「ううっ、やめてくださいっ、そんなこと言わないでえ……」

にやけ面の下卑た口調で指摘されれば、羞恥で顔が真っ赤になる。

少女が苦悶の表情を浮かべるのすら、楽しんでいた。

「恥ずかしがらなくてもいいんだよ。もっと聞かせてほしいんだ、沙由理が感じているところをいっぱいね」

「そんなっ、どうしたんですか、雅也さん。いきなりひどいこと言うなんてっ」

沙由理には雅也の豹変が信じられなかった。

温和な笑みを浮かべ、誰よりも頼れる大人の男性として信頼していたのだ。

「お前がかわいいからさ、沙由理。この美しい身体を誰にも渡したくなかったんだ」

「イヤッ、離してっ、助けてえ、優人さあんっ」

可憐な鳴き声で愛しい人を呼ぶが、無論、届くはずもない。

「残念だね、彼は明日の昼頃までは目を覚まさないよ。そういうふうに薬を調合してあるんだ」

「薬って、まさか、なにかを飲ませたんですか!? なんでそんなことをっ……」

浴びせられる事実に愕然とするが、岩のように太い指は少女を摑んで離さない。

抵抗しようとすればバスタオルがふわりと落ち、美しい裸体が露になるだけだ。

艶やかなおっぱいが水気を孕み、ぷるんっと卑猥に揺れる。

「どうしてそんな……お願い、雅也さん、これ以上は、ひっ」

涙を浮かべ、情に訴えようとするが、途端に息を呑む。

眼前に二十センチは優にある巨大な肉塊を、目の当たりにしたからだった。

「それはっ、ああっ、いやああっ」

「ふふっ、沙由理がほしかったのは、これだろう?」

「ほしいだなんて、そんなこと、ああっ、んんん……」

猛々しい牡のシンボルは、いまにも少女に襲いかからんと、とぐろを巻く。

剝き出しになった獣性に圧倒され、悲鳴もあげられず固まったままだ。

しかし恐怖に怯えながらも、黒光りする肉棒から目を離すことができなかった。

「見るのは初めてみたいだな。これが男のち×ぽだよ、驚いたかい」

「これが、男の人の、なんて大きい……それに真っ黒で、ビクビク動いてますうう」

巨軀に相応しい天を衝く怒張は、存在感だけで処女を虜にする。

震えるだけだった沙由理の声も、いつしか好奇心を含んだ音色になっていた。

「そうとも、沙由理がほしくてたまらなかったものさ。もっと見たいだろう？」

「おち×ち……ああっ、私、別にほしくなんて、んんうっ」

口では嫌がっても、色づいた頬は目前の男根に興味津々であることを物語っている。

瞳の色はピンクに染まり、鼻孔も興奮から膨らんでいた。

「もっと近くで見てみたまえ。じっくりと観察するのもアイドルには必要なことだよ」

「はい、雅也さん……」

ふらふらと夢遊病者みたいに熱に浮かされながら、そっと男の前へ跪く。

慎み深いはずの娘は欲棒に魅了され、ありえないほどの大胆さで傅いてしまう。

いとも容易く従順になる少女に、雅也はニヤリと満足げに笑う。

「ああ、すごいですう、近付くだけで熱いの、それにこの匂い、おかしくなりそう」

「そうだろう、男のモノには女を狂わす香りがあるんだ、我慢できないほどのな」

膨大なエネルギーを発する怒張は、見ているだけで身体の芯が燃えるようだ。

先端からはすでに先走りを垂らし、成熟した牡の匂いをあたりに充満させていた。

「沙由理、見るだけでいいのかい？　さあ、今度は触ってみたまえ」

「ええっ、そんなっ、でもお、はい……」

命令され躊躇するも誘惑には勝てないのか、おずおずと指を差し出す。

「んんっ、熱いっ、指が火傷しちゃううっ」

ぴとっと細い指が触れれば、あまりの熱量にびっくりする。

それでも、興味深げに伸ばした手のひらを引くことはしなかった。

「はああ、熱いけど、黒くて、硬くて、ビクンビクンって脈打ってますぅぅ」

赤黒く肥大化した逸物に、乙女は目を奪われる。

雄々しく反り返る肉勃起を前にして、女の根源的な本能を呼び覚まされそうだ。

「そうだ、そうやって手を巻き付けて上下に動かしてみるんだ」

「こう、ですか？　ああん、元から大きいのに、さらに大きくなっていきますぅ」

必死にシコシコすれば、いつしか手のひらでは包みきれないほど肥大化する。

自室では彼氏が寝ているというのに、こわばった肉茎扱きに夢中になっていた。

「ふうっ、なかなかうまいじゃないか。じゃあ次は、口で奉仕してもらおうかな」

「お口で？　それって、もしかして、フェラ、きゃああんっ」

フェラチオ、と言いかけて、少女の台詞は途切れてしまう。

ぐいと頭を抑えつけられ、瑞々しい唇へドス黒い淫棒を突きつけられたのだ。

「次は、お前の口でするんだ、フェラチオはもちろん知ってるだろう？」

「んふううっ、乱暴しないでください、言うとおりにしますからあ」

荒々しく頭を摑まれれば、タオルでまとめられた髪がバサリと乱れる。

煌めく金髪が水滴を浴びて輝けば、あらためて沙由理がクォーターであること実感する。

お人形みたいな美少女を犯せるなど、男にとってこれ以上ない邪悪な喜びだった。

「じゃあ始めるんだ。お前の口で、俺のち×ぽをしゃぶるんだぞ」

「はい、雅也さんのおち×ぽ、ご奉仕させていただきます……」

寝室で垣間見た優人の逸物と比較にならぬほどの太さに、ゴクリと唾を呑む。

牝を犯す凶器ともいうべき威容に、胸の奥底から畏敬の念が湧き上がる。

「ではいきますね、んふっ、んむうううう」

「うおっ、ぬううっ、そうだ、そうだぞっ、沙由理っ」

灼熱の男根に跪いた少女は、なんの躊躇もなくぬるりとそれを咥え込む。

敏感な粘膜を生温かい感覚に包まれ、さすがに雅也も呻き声をあげていた。

「んふっ、むちゅううう、はああ、おち×ちん、すごく大きいです。私のお口に入りきらないのお」

「くっ、そうはいっても夢中でしゃぶってるじゃないか。まだ処女だというのに大胆なことだ」

「あふう、だっておち×ちん見たら、身体が熱くなって我慢できないんですうう」

極太の陰茎は、小さなお口に入りきらぬほどの大きさだ。

しかし懸命に首を動かし、ジュボジュボといやらしい音を立てつつ舌を絡ませる。

「ぬうっ、初めてというのにこの吸い付きようっ、ふふっ、沙由理は教え甲斐があるな、俺がじっくり仕込んでやる」

「はいいっ、雅也さんに教えていただいて嬉しいですう、んちゅううう」

チロチロと懸命に舌を先っちょに絡ませたり、裏筋を擦り立てる。

深夜の誰も来ない浴室にくぐもった声が響けば、立ちこめる靄もさらに深まる。

媚薬に染まった少女は虚ろな目で、もう欲棒を咥えることしか考えていなかった。

「はあはあ、沙由理っ、いいぞっ、もっと俺のち×ぽを咥えるんだっ」

「アンンンッ、苦しいっ、ですうっ、んふあああああんっ」

ねっとり絡みつくご奉仕に支配欲を刺激された雅也は、乱暴に頭を抑えつける。

本能の趣くままグリグリと腰を動かし、無垢な口腔を剛直で蹂躙する。

「んぐううっ、ふみゅううううっ、もっと、もっとしてくださいいいい」

だが容赦のない牡の突き込みにも、嬉々として受入れ、肉棒を離さない。

酒に入れられた媚薬の効果か、もはや従順な女奴隷と化していた。

「たまらんなっ、そろそろ出そうだっ、全部受け止めるんだぞ、沙由理いっ」

「あふうんっ、出るんですねえ、私もおち×ちんがドクンドクンするところ見たいですうううう」

ピストンに合わせ少女も首を動かせば、ズボズボと卑猥だが心地よい水音が鳴る。

荒々しく口内を犯していた怒張も、ひと息で果ててしまいそうになる。

「出るっ、出るぞ、沙由理っ、俺のすべてを受け止めるんだ、行くぞおおっ」

「ふああん、激しいですう、おち×ぽがいっぱい膨らんでますうううっ」

「ぬぐうっ、出るっ、たまらんっ、うおおおおっ」

雄叫びを上げつつスパートを掛け、肉茎の先端が金髪ロシア美少女の喉奥を突く。

夜空に獣の咆吼が轟いた瞬間、鈴口から牡の欲望が爆発するっ。

「んんんんっ、むうううううっ、おち×ぽがドピュドピュってええええっ、ひゃあああああんっ」

「ぐふおっ、いいぞっ、そうやって俺の精液をすべて飲むんだっ、沙由理いいっ」

「んぐうううっ、そんなにいっぱい飲めませえぇんんんん」

びゅるるるんっと激しい音を立てつつ、こわばった男根は粘性の汁を放出する。

腰をブルブルさせながら、最後の一滴まで可憐な唇へ打ち込んでゆく。

「けほっ、うええっ、げふんっ、はあああ……」

身体の奥底にまで獣液を注ぎ込まれ、たちまちむせる。

しかし嘔吐き(えず)ながらも、男の精を懸命に飲み干そうとしていた。

「はああ、ふう、よかったぞ、沙由理。さすが俺が躾(しつ)けただけあって、従順なアイドルになったたな」

「はい、雅也さんのおち×ぽミルク、たっぷりいただいて幸せですぅ」

口元を白濁液で汚しながら、ようやくコクリとすべてを飲み干す。

瞳は発情した色に染まり、身も心も牡に汚されることを喜んでいる。

「こうして男に奉仕するのも、アイドルとして重要な役目だ。沙由理は、いい素質を持っているな」

「アン、褒めていただいて嬉しい。でも、雅也さんのおち×ぽ、まだビクビクンしてますぅ」

沙由理の言うとおり、怒張は多量の精を放出したのにいまだ勢威(せいい)を失っていない。

ビクビクと物足りなさげに漲り、啞然とする少女を威嚇している。

「そうだな、ではそろそろ本格的に、お前をいただくとするか」

「えっ、いただくって、どういうことですか、きゃああんっ？」

怪訝な顔をすれば華奢な肩を摑まれ、いきなりタイルの上へ押し倒される。

野蛮な腕が見事な量感の太股を押し開き、男の面前でぐいと広げられる。

「あああんっ、いやあああん、こんな格好でなんてえええ」

悲鳴をあげ逃れようとするも、逞しい二の腕に腰を固定されればそれも適わない。

俗に、まんぐり返しと呼ばれるスタイルを取らされ、すべてを露にさせられていた。

「ぐふふ、よく見えるぞ、いやらしいおま×こが丸見えだ」

「アアン、見ないでええ、もう許してくださいい」

犠牲の子羊はイヤイヤと首を振るが、抵抗するほど嗜虐心も増すのだ。

広げた美脚をさらに大きく裂き、可憐な秘割れを煌々とした明かりに晒す。

「うむ、やはり沙由理のおま×こは綺麗だな。色素沈着も起こしていないし、ピンクのままだ」

「そんなふうに言わないでくださいい、恥ずかしくてどうにかなっちゃいそうですう」

雅也の言うとおり、ロシア娘のおま×こは清楚を絵に描いたような桃色の園だった。ピンクと調和する柔らかな栗色の和毛(にこげ)はわずかに茂り、成長途上の少女みたいだ。

「まだ誰にも汚されていない。しかし清楚なのに、いやらしくヒクついているな」

「あああんっ、そこはあ、きゃあっ、触らないでえええっ」

剝き出しにされた花びらに無骨な指が触れた途端、甲高い鈴音が鳴る。

遠慮がちだった優人とは違う、粗野な手つきで弄られれば当然の反応だった。

「恥ずかしがらなくてもいい、こんなにおま×こを濡らしているじゃないか。俺のち×ぽをしゃぶって興奮したんだろう？」

「そんなことっ、興奮なんて、あんんっ、指が入っちゃうううう」

いきなりヌチュリと太い指を差し込まれ、可憐な花園はいやらしく変形する。

キツキツのおま×こは意外にも伸縮し、離すまいと吸い付いてくる。

しかし痛みはあるのか、少女はつらそうに眉根を寄せていた。

「んんっ、痛いっ、お願い、もうやめて……」

「すごいな、ギュウギュウじゃないか、おま×こは。だが俺のモノを入れるために、少しほぐさないとな」

「入れる？　ああっ、それってもしかして……」

「そうだ、沙由理のおま×こに、これから俺のモノをぶち込むんだ。このち×ぽをな」

「いやあああっ、それだけは許してくださいいっ」

下腹から伸びた黒光りする男根に、いまさらながら悲痛な声をあげる。

「クク、いまさら清純派ぶるんじゃない。ち×ぽを咥えたあげく、おま×こをグショグショにしてるんだからな」

「きゃあああん、無理ですうっ、そんな大きいの入りませんんん」

「大丈夫だ、前戯にたっぷり時間をかければ入るようになる。そういう構造になっているんだからな」

怯える少女を無視して、濡れそぼる花びらをこねくり回す。

口と裏腹によく締まる秘割れは、キュウッと指を締めつける。

「でもお、アンンッ、いやっ、いやあ、優人さあああん」

「この期に及んでまだ恋人の名前を言うのか。こうしてやるっ、んふううううっ」

「きゃあああああんっ、私の中に、なにかが入ってますうううううっ」

愛しい人の名を呼ぶ少女を黙らせるため、ブチュリと秘割れに舌を突き立てる。

閉じられた小陰唇から密かに息づくクリトリスまで、一気に舐め上げる。

「ひゃあん、雅也さんの舌があっ、アンンンッ」

「ふうっ、うまいぞ、沙由理のおま×こは、こんなにいっぱい蜜を漏らすなんてっ」

「んくうっ、私のアソコが犯されてますう、ふえええん」

秘裂を這(は)い回る舌がひと舐めするごとに、細いウエストをビクビク震わせる。

官能に染まった少女の頬は、いつしか邪(よこしま)なクンニも嬉々として受入れていた。

「はあああ、グチュグチュって音がして、いやらしいの、雅也さんのお口で感じてるのおお」

「それは、お前が犯されることを望んでいるからさ。そろそろいいだろう、俺も我慢できそうにないしな」

おま×この濡れ具合を確認すれば、そろそろ潮時だ。

沙由理も切なげな表情で、細い首筋を快感で痙攣させている。

「ええ、我慢って、ああっ、それはああっ」

「わかっているだろう？　いよいよ本番ということだ」

「あああんっ、そんなのダメですううっ、やめてくださいいっ」

秘所に熱量を感じ見上げれば、巨大な逸物が当てられていることに魂消(たまげ)る。

清楚な蜜園にグロテスクな肉棹は、あまりにも不釣り合いな光景だった。

「いやあああっ、無理ですう、入るわけありませんんっ」

「大丈夫だ、これだけ濡れているんだからな。おま×こも嬉しそうに咥えたがっているぞ」

「そんなっ、ひあああんっ、グチュッて、硬いのが中にっ、んんうぅっ」

逞しい巨体にのしかかられ、いまにも犯されそうな美少女はたまらず哀訴してくる。

細く華奢な乙女は野獣のような肉体に組み敷かれ、ついに結合の刻を迎える。

「おおっ、入れてもいないのに、もう沙由理のおま×こは吸い付いてくるな。そんなにち×ぽがほしいのかな」

「いやあぁん、でも怖いんですぅぅぅ」

強い圧迫を受け、可憐な秘割れは膨らんだカリ首をすっぽり呑み込んでいる。

まだ貫通したわけではないが、沙由理にとっては身を裂かれるほどの恐怖だった。

「さあ、行くぞ、沙由理、ぬううううっ」

「ひいいんっ、大きいのがズブズブってええ、ひあああぁんっ」

必死の嘆願も無視し、無慈悲な制圧が開始される。

腰にぐっと力をため、上から打ち下ろすように怒張をねじ込んでゆく。

「あんっ、うぐううっ、なにこれえ、押し潰されちゃいますううううっ」

「くっ、よくほぐしたのにきついな、でもすぐよくなるぞ、ぬおおおおっ」

「きゃあああんっ、ダメえええええっ、優人さああああんっ」

煌めく星空に絶叫がこだました瞬間、プチプチッと音を立て奥まで貫き通す。

愛しい人の名を呼びながら、可憐なアイドルは女へと生まれ変わるのだった。

「はああっ、ぬうっ、ついに入ったぞおっ、なんというきつさだっ」

「はあああああっ、入ってるう、入ってますう、信じられませんんっ」

先程まで閉じられていた秘密の園は、極太の怒張により無残にも割り裂かれている。

可憐な花園が荒らされるさまは、痛々しいまでの惨状だった。

「あああ、ダメえええっ、いやあ、お願い抜いてえええええ」

「なにを言う、もっと締めつけるんだ、お前には名器の素質があるんだからな」

「んんんう、そんなあ、優人さあん……」

熱い息を吐く腕の下で、純潔を奪われたロシア美少女は恋人の名を呼ぶ。

宝石のように美しい金髪が床に乱れ、天上の星に劣（おと）らぬほど輝く。

「フフ、沙由理のおま×こは、嬉しいって悲鳴をあげてるぞ。どうだい、初体験の感想は」

「感想なんてそんなっ、ああんっ、動かないでくださいいいい」

「でも、こんなに締めつけてるじゃないか、俺のモノに貫かれて嬉しいんだろう？」

雅也の言うとおり、ずっぷり挿入された太幹は処女膣にきつく絞られている。

愛しい人ではない、別の男のモノなのに、女壺は嬉しいと悲鳴をあげていた。

「そんなこと言われてもお、雅也さんのおち×ぽ、とっても熱いんですうう」

「お前の中も熱いぞ、くうっ、こりゃあたまらんなあ」

「アアンッ、グリグリしちゃいやあああっ」

悲痛な声を立てつつも、極太の男根に貫かれてあまり痛がる様子は見られない。

媚薬効果のある酒のせいか、うっとりした顔を浮かべたままだ。

「はああ、なんなのこれ、身体が熱いの、おち×ぽが私の身体の中で荒れ狂ってるのおお」

「俺のを咥えて、お前の性感が目覚めたんだ。これからも、たっぷり教えてやるからな」

「そんなっ、私には優人さんが、アンッ？　んふうううっ」

「まだ言うのか、こいつめっ、ぬむうううっ」

この期に及んでも沙由理の胸には、恋人への思いが渦巻いていた。

いまだ優人を忘れない少女にムラムラと妬心が湧けば、無理やり唇を奪う。

「アンンン、いやあ、むふっ、んちゅうううう」

「ふううう、もっと舌を絡ませるんだ。これから、たっぷり楽しませてやるぞっ」

「やあああああんっ、動かないでえええええっ」

お口を塞ぎおとなしくなったのをいいことに、満を持して腰を動かす。

すべてを押し潰すかのように、怒濤のピストンが開始される。

「ふあああんっ、おち×ぽがズンズンって、私の中を抉ってきますうううっ」

「ぐうっ、すごいギュウギュウだっ、さすが処女なだけはあるなっ」

「アンンッ、痛いっ、やめてくださいっ、ひゃあああんっ」

痛いと言いながらも怒張の突き込みを受け、沙由理は官能に蕩けた声を出す。

ひと突きごとに卑猥な水音が湧き、あたりには淫らな雰囲気が立ちこめる。

「はああ、おち×ぽがグチュグチュってええ、ああん、すごいのおおお」

「ふふっ、お前のおま×こは喜んでいるぞ、感じた声を出しているじゃないか。初めてなのにスケベなことだ」

「あああん、雅也さんの意地悪うう、でもなんだか、気持ちいいんですううう」

湯煙漂う深夜の露天風呂に、甘く澄んだ声音が満ちる。

煌めく星空が、背徳的に交わる男とロシア美少女を淫らに照らす。

「アンッ、アアアンッ、おち×ちん激しいっ、ズンズンされたらどうにかなっちゃううう」

「ふふ、だがあまり声を出すと、寝室の優人くんに聞かれてしまうぞ？」

「いやああっ、それだけはっ、はああああんっ」

恋人の名を出したほうが感じるのか、Gカップを弾ませ愛欲に悶える。

締めつける蜜壺はさらに収縮し、規格外の剛直も限界に達しそうだった。

「くはああんっ、優人さんよりも激しいのっ、こんなの初めてえええええ」

「沙由理のおま×こも蜜をたっぷりこぼしてるぞ。これなら、初めてでもイケるかもしれんな」

「イク？　ああん、私優人さん以外のおち×ちんでイッちゃうのおお」

ぬるぬるといやらしく腰を出し入れしながら、卑猥な言葉で少女を責め立てる。

獣の交尾を思わせるピストンが、細い身体がへし折れそうな勢いで繰り出される。

「そうだぞ、お前はこれから、俺のち×ぽなしじゃ生きられないようになるんだっ」

「そんなのっ、きゃあん、そんなのってえええ、でもすごく気持ちいいんですううう」

恋人同士の甘いセックスとは無縁の激しさに、驚きと同時に深い喜びも覚える。

沙由理も優人以外の行為で感じてしまうなど、信じられないのだろう。

「ああっ、俺もイクぞっ、この処女おま×こに、たっぷり中出ししてやるっ」

「ひゃああん、なりますう、雅也さんのおち×ちんの物になっちゃいますううう」

あられもない声を出し、もはや少女は快楽の虜となっている。

そんな姿を見れば、猛烈なピストンも速度を増し、花園を無慈悲に攪拌する。

「さあ、彼氏に聞こえるようにイクんだ、もっともっとはしたない声をあげろっ」

「あああっ、イヤあああっ、優人さんっ、優人さあああんっ」

絶頂が近いことを確信し、これまで以上に腰を突き出しスパートをかける。

牡の非道な蹂躙を受けながら、処女膣は愛しげに剛直へしゃぶりつき離さない。

「うおっ、俺ももう出るぞっ、お前の子宮を俺の精液で満たしてやるうっ」

「イヤッ、出しちゃイヤアあっ、そこだけは、ひゃうううううんっ」

「ダメだっ、俺の精液を全部呑み込むんだっ。口もおま×こも、すべて満たしてやるぞおっ」

「そんなあっ、ドピュドピュされたら私、どうにかなっちゃいますうううっ」

ひときわ身体を密着させながら、逞しい胸板でGカップ美巨乳を押し潰す。

ズンッと最後の一撃が子宮口を突けば、待っていたかのように扉が打ち破られる。

「はあああん、もうダメえええっ、イッちゃうの、雅也さああん、私イッちゃうううう」

「ぐううっ、出るっ、処女はたまらんっ、出るううううっ」

逸物が子宮口をこじ開け最奥を貫いた瞬間、ついに快楽のバルブが全開となる。

「きゃあああっ、おち×ちんがビクンッ、て膨らんでえええっ、身体が裂けちゃうううっ」

脳天を貫く快感とともに膨らんだ怒張の先端から、熱い粘性の白濁液が射出される。溢れる濁流が汚れない処女膣の隅々にまで染み渡り、すべてをなぎ払う。

「アアアンッ、おち×ちんがビュルビュルって、中にいっぱい出してますううう、もうダメえええええっ」

「はああっ、すごいぞっ、こんな締まるおま×こは初めてだっ、射精が止まらんっ、止まらんぞおおっ」

「雅也さんのおち×ぽがミルクが止まらないいいっ、優人さん、優人さんっ、優人さああああん」

愛しい人の名を絶叫しながら、白く華奢な肢体が鞠（まり）のように弾んでいた。

金髪ロシア娘は初めての精を胎内に受け、絶頂の渦へと引き込まれてゆく。

「はあああ、雅也さん、これ以上は、もう……」

「ふうう、よかったぞ、沙由理、これでお前は俺の女になったんだ。ずっとかわいがってやるからな」

「はいい、私、雅也さんの物になってしまいましたあ。おま×こに、いっぱいおち×ちんミルク注いでもらえて嬉しいですう」

行為を終えたあとも細い身体はがっしり摑まれ、男の腕の下にあった。

もはや反抗する気力も失せた少女は、逞しい胸の中で荒い息を吐く。

悦楽に呆けた顔を晒し、胎内に注がれた獣液の熱さを嚙みしめていた。

「ふふっ、ベッドで恋人が寝てるというのに大胆なことだ。だが、それぐらい淫らなほうが、アイドルとして一人前だよ」

「優人、さん、私、わたし、はあぁ……」

恋人に捧げるはずだった純潔を奪われ、沙由理の胸には悔恨(かいこん)と絶望が渦巻く。

同時に己(おのれ)を貫く男根の存在感に、身も心も囚われたことに驚愕もする。

虚ろな瞳で空を見上げる美少女を、月の光がいつまでも嘲笑(あざわら)っていた。

第二章　ナマイキH乳娘への逆襲

「んふっ、んんむうう、どう芳樹(よしき)、気持ちいい？」

くぐもった声が、革張りの上質なシートにこだまする。

「ああ、いいよ、望美の口はいつもあったかくてヌルヌルだな」

「うふっ、せっかくお口でしてあげてるんだから、もう少し喜びなさいよね、むふううう」

人気のない林道を疾走するSUVの車内には、淫靡で濃密な空気が充満していた。

「私のお口がお気に召さない男なんていないんだから、もっと感じた声をあげたっていいのよ、んちゅううう」

「おいっ、いちおう運転中だぜ、お前のフェラに集中するわけにいかないだろっ、ううっ」

ゆるいウェーブのかかった鳶色のヘアが上下するごとに、運転する男の息も乱れる。

露出の高いギャルふうファッションの娘は、そんな反応を見て満足げに微笑む。

助手席から身を乗り出し、ハンドルを握る彼氏へフェラチオしているためだった。

「ほうら、こうしておち×ちんをチュウチュウして、あ・げ・る」

「ぬおっ、待てって、そんな強くされたらっ、ぐううっ」

高級外車の室内で淫らな遊戯に没頭している少女は、目の覚めるような美貌だ。

整った目鼻立ちとエキゾチックな魅力を持つ褐色の肌に、思わずゾクリとする。

容貌だけでなく大胆なデザインのキャミソールからは、美巨乳がこぼれ出そうだ。

「なによ、顔を真っ赤にしてるくせにい、すぐにイカせてあげるんだからあ、んちゅううう」

「ううっ、そんなに吸い付いたら出ちまうよっ、まずいって、んぐうっ」

いずこかへ向かう車中で密事に耽る男女だが、少女のほうは実に慣れた手つきだ。

まだ十代と思しき見た目だが、牡を喜ばすテクニックを熟知している。

美貌を引き立てるメイクにぽってり肉厚のルージュは、年齢不相応の色気があった。

「ぐううっ、やっぱ無理、望美のフェラテクは最高だよっ」

男のほうは望美と同年代で、髪を金髪に染めたいかにも軽薄そうな見た目である。

「ふふっ、わかればいいのよ、芳樹にもたっぷり味わわせてあげるね」

蠱惑的な蜜色の頬が卑猥に歪み、長い睫毛が勝ち誇ったように揺れる。

金髪男が降参すれば、望美と呼ばれた少女は逸物を美味しそうに舐め上げる。

真っ赤な唇からピンクの舌がチロチロ蠢くさまは、見るだけで興奮してしまう。

「しかしホントすごいな。まさかヴィエルジュのアイドルが、こんな淫乱だなんて思わなかったよ、ぬおおっ」

「なにが淫乱よ、誰のためにやってあげてると思ってるの？」

思わず軽口を叩いた彼氏のこわばりに、やんわり爪を立てる。

情熱的な鳶色の髪の少女、一ノ瀬望美はこう見えて、歴とした人気アイドルだ。

それも沙由理と同じ三人組アイドルグループ、ヴィエルジュのメンバーだった。

「こうして現役アイドルがお口でしてあげてるんだから、もっと感謝してくれてもいいんだからね？」

「わりい、つい調子に乗っちまった。望美の口ま×こはたまらないんだっ、もっとやってくれっ」

絶妙な舌技に屈服した彼氏、久住芳樹の願いに応じ、ご奉仕を続行する。

「そうそう、褒めてくれればすぐにイカせてあげるから、んむう、ちうううう」

「ぬおうっ、やばっ、もう出るっ」

機嫌を直せば、ねっとりと吸い付くフェラを再開し、こわばったペニスを剃き立てる。

心地よく弾むシートの感触と卑猥な水音が、見事なハーモニーを繰り広げる。

ぬろぬろとまとわりつく舌が、感じるカリ首から裏筋へ這い回り、早くも果てそうだ。

「ほうら、もうピュッピュしちゃってもいいのよ、元気いっぱいのおち×ぽ、ドックンしてえ」

「ああっ、ホントすごいぜっ、こんなすごいフェラは初めてだよっ」

情けない声をあげつつ、芳樹は腰を浮かし気味にしていた。

小刻みな上下運動をする首が速度を増し、じゅぶじゅぶといやらしい音を立てる。

感じたことを表すように男の鼻穴がピクピク膨らめば、射精ももう間近だ。

「イキそうなのね、それじゃあ、たっぷりドックンさせてあげる、むちゅううっ」

「ぐおっ、そんないきなり咥えられたら、もうたまらんんっ」

とどめとばかりにすっぽりお口の中に包まれれば、生ぬるい感触に肉棒が脈動する。

木々の間から差し込む光が、男の目には絶頂への階梯(かいてい)となって刻み込まれる。

「くうっ、出るっ、望美っ、飲んでくれっ、俺の精液を全部飲むんだっ」

「んふうっ、んんんっ、芳樹いいい、んはあああんっ」

爆走する車とともに、口内の逸物も目いっぱい弾けていた。

ズビュビュンッと精を吐く肉竿を必死に宥めながら、愛しげに舌を巻きつかせる。

「出てるっ、お前の中にいっぱい出てるぞおっ、むぐうううっ」

「ああんっ、もっと出してえぇっ、おち×ぽミルクほしいのおおおっ」

お口の中で暴れるち×ぽをにゅるにゅる扱きつつ、精液の濁流に充足する。

男をイカせてご満悦の少女は、濃厚な白濁液を美味しそうに飲み干す。

荒く息を吐く芳樹は、アクセルを踏みすぎたことに驚き急ブレーキをかけていた。

「んふっ、んー、とっても濃厚だったよ、芳樹のミルク。量もたっぷりで、よくできました」

数分後の車内、昂った二人の熱情も醒め、平静へと戻る。

身を起こした少女は口元の白濁液を美味しそうに舐めつつ、行為の余韻を楽しむ。

芳樹のほうも欲望を吐き終え穏やかな顔を浮かべるが、賛辞も忘れなかった。

「ふうう、はあぁ、よかったよ、望美。こんなフェラ初めてだ。気持ちよすぎて危うく事故るところだったぜ」

「うふふ、当然よ、私のテクで落ちなかった男なんていないんだから」

車に備え付けのウエットティッシュで唇を拭い、思わせぶりにウインクする。

性技に絶対の自信を持っているのか、色っぽい流し目は十七歳の少女には見えない。

陽光を浴びて輝く魅惑の笑顔は、愛欲の女神と言われて納得できる美しさだ。

「噂には聞いてたけど、望美のフェラは極上だな。こんな早くイカされるとは思わなかったぜ。ホントに俺の一個下かよ」

「噂ってなによお、人をまるで尻軽みたいに言わないで。誰にでもしてるわけじゃないのよ」

失礼な発言に頬を膨らませるが、たしかに望美のテクは女子高生とは思えない。

アイドルとして活動しながらも、常に男の影が絶えないという噂は本当のようだ。

もちろん、それはベッドテクだけでなく、美貌やモデル並みの肢体も魅力的なためだが。

「こんな美人でナイスバディのアイドルにフェラされるなんて、滅多にないんだから、もっと嬉しそうにしなさいよね」

「ああ、そうだな、たしかに望美はヴィエルジュの中でも一番綺麗だよ」

「そうそう、私が一番美人でスタイルがいいんだからね。ちゃあんと覚えておきなさいよ、うふふ」

綺麗と言われ、素直に喜ぶあたりは十七歳の少女らしい素直さだ。

「美人なだけじゃなくって、スタイルも抜群だし、ホント、たまらないよ……」

シートの上で情熱的な鳶色の髪を搔き上げる様子は、美しい獣を思わせる。

胸元も露なピンクのキャミソールに、収まったはずの逸物が再び兆しそうだった。

「なあ、望美、俺、やっぱ我慢できそうにないんだけど」

「えっ、なによ？　って、きゃあっ、いきなり太股を触っちゃいやあんっ」

ミニスカから伸びた生足が悩ましげに挑発すれば、辛抱できるはずもない。

いやらしい手つきで伸ばした腕が、ご自慢の美脚へのそりと伸びる。

「ちょっと、やめなさいよっ、こんなところでなんてえ、キャンッ」

極上の肌触りとむっちりした質感が、男の手のひらによくなじむ。

「いいだろう、なあ、車停めるから、いまここでしようぜ」

やはりまだ、極上フェラチオを受けた感動が身体に残っているのだろう。

太股をスリスリする手を、ミニスカートの奥へ押し入れようとする。

「あんなうまいフェラされたら、俺のち×ぽもたまらないんだ、だからさあ、いてっ」

「もうっ、ダーメ。エッチならペンションに着いてからたっぷりできるんだし、我慢しなさいっ」

しかし無体な行為が許されるはずもなく、ぺしっと伸ばした手のひらが叩かれる。

「ちぇっ、相変わらず肝心なところは堅いな。俺もけっこうお前に尽くしてきたんだぜ？」

大げさに痛がり、そっと手を引くさまは、母親に悪戯を叱られた子供みたいだ。

久住芳樹は別の事務所に所属するモデルであり、付き合ってまだひと月でしかない。

金髪にピアスと典型的なチャラい男だが、実家は大層な資産家でもある。

この外国製高級ＳＵＶも、まだ高校生の彼に親が買い与えてくれたものだった。

「私たちがこれから行くところの目的を忘れるんじゃないわよ。遅れたら、沙由理になに言われるかわからないんだから」

馴れ馴れしすぎる態度に釘を刺せば、金髪ピアス男は渋々ながらも承知する。

だが閉口していた軽薄男も、沙由理の名前を出され急に目の色を変える。

「おお、緒方沙由理ちゃんか、あの子もいるんだ。ヴィエルジュのメンバーが二人もいるなんて、すげえや」

「そうよ、これから行くところに二人で待ち合わせをしているの。ある理由でね」

どうやら口ぶりからして、目的地は雅也のいるペンションのようだ。

互いに彼氏の運転する車に乗り、別行動で同じ場所へ向かっていた。

「あの子、ロシアのハーフなんだろ。金髪で色白で、すっげえかわいいよなあ」

いきなり片田舎のペンションへ行ってと頼んだとき、最初、芳樹は渋っていた。

しかし、ヴィエルジュのメンバーが集うと知り、あっさり了解してくれたのだ。

「おまけに胸も大きくてスタイル抜群だしな。あ、いや、望美のほうがずっと綺麗だけどな」

もっとも望美は沙由理にライバル意識があるのか、名前を出された途端不機嫌になる。

キッと睨み付けられ色を失うと、慌てて卑屈な態度で媚びはじめる。

「ふんっ、私もあんな田舎になんて行きたくないわよ。でも、プロデューサーを呼び戻すために仕方ないの」

「そっか、そのペンションの経営者が元プロデューサーの男って話しだっけ？」

「そうよ、私がアイドルになって初めて付いた人なの。プロデューサーだけじゃなくて、マネージャーみたいなこともやってくれてたけどね」

弱小事務所のせいか、一人の社員が複数の業務を掛け持ちすることはよくあった。

雅也はすべての仕事において卓越した能力を発揮した、業界でも知られた存在だ。

「へえ、望美のマネージャーだなんて苦労したんだろうなあ、そのプロデューサーも」

「どういう意味よ。まあ、あの人がいてくれた頃は多少の揉め事もなんとかしてくれたしね」

美貌と歌唱力で人気アイドルになった望美だが、素行は黒い噂が絶えなかった。

派手な異性関係を続けるためか、芸能記者に付き纏われることもしばしばだった。

それを取りなしスキャンダルの流出を防いでいたのは、他ならぬ雅也だったのだ。

「ただの口うるさい男だと思ってたけど、いなくなって初めて気づいたわ。私には、あいつが必要なのよ」

「なるほど、それでその元プロデューサーを説得するため出向くのか。呼ばれたときは、なんでいま時分に旅行するかと思ったぜ」

「そういうことよ。さ、わかったら車を飛ばしなさい」

まるで女主人みたいに命令するさまに、さすがの芳樹も辟易する。

「でも、いいのかよ。あの人の意向を無視したら、おっかないんじゃないのか？」

あの人とは、音無プロダクションの代表である女社長、音無真梨恵のことだ。

零細だが豪腕で知られる人物の噂は、別事務所の芳樹でもよく知っていた。

許可も得ず勝手なことをしたらどんなお咎めがあるか、心配ではあろう。

「ふふ、私たちが望んだら社長だって納得せざるをえないわ。なんせあの事務所は、ヴィエルジュで保ってるようなものなんだから」

「そういうもんかねえ。まあ、女同士の諍いには首を突っ込むだけ野暮ってもんだな、怖い怖い」

なにやら業界内部のゴタゴタに巻き込まれた感があり、芳樹は首をすくめる。

そんな彼氏の態度を見れば、さっきまでフェラをしていた唇が、悪戯っぽく歪む。

「うふふ、そんなイヤがならくてもいいじゃない。目的を果たしたら、温泉でたっぷり楽しめるんだ・か・ら」

「うっ、いいのか？　さっきあんなに拒否してたのに」

シートの上で細い肢体をくねらせれば、百センチのHカップがポヨンと弾む。

日本人離れしたプロポーションだが、それは祖母がスペイン系のためである。

甘い蜜を連想させる薄褐色の肌も、クォーターの彼女の魅力を引き立てていた。

「もう、芳樹だって最初からそのつもりできたんでしょ？　ホント言うと私も、半分はそれが目的なのよね」

「うう、わかったよ。じゃあ飛ばすからな、ベルトをしっかり締めてろよっ」

胸の谷間に見蕩れゴクリと唾を呑めば、このあと起こる秘め事への期待も膨らむ。

アクセルを踏み込み爆音を轟かせ、ＳＵＶは国道を疾駆する。

「アンッ、安全運転で頼むわよ。私の忠実なドライバーさん」

心の中で彼氏の単純さに呆れながら、望美は計画の成功を確信していた。

＊

『おじさま、ご機嫌はいかがですか、私のほうはすごく順調です。沙由理さんも望美さんも優しいし、なによりこのお仕事はすごく楽しいんです』

さまざまな電子機器が音を立て蠢く暗い密室に、澄んだ娘の声が響く。

亜麻色のロングヘアに清楚なワンピース姿の、目の覚めるような美少女だ。

もっとも現実にいるわけではなくモニタの中に映し出された画像だが。

『今度はいつお目にかかれますか？　もう一年も離れていると、ずっと会えないと思ってしまいそうなんです』

細く通った鼻筋に白い透明な肌を持った少女は、十五歳ほどに見える面立ちだ。

しかし、よく育った胸元に八頭身のスタイルは、ただの娘とは思えぬ雰囲気がある。天使の微笑を湛（たた）えつつ、語りかけるその姿には、荒んだ心も癒やされる。

『本当は、こんなビデオレタージャなくて直にお話ししたいんですけど、お母様に止められているんです。寂しいです』

「杏華……」

少女の映像に合わせ、デスク上のモニタを食い入ように見る男が呻き声をあげる。グラスに注がれた酒を煽りながら、気怠（けだる）げに呟くのは雅也だった。

秘密の自室で画面の美少女を凝視しながら、胸の奥から少女の名を吐き出す。

「俺もお前に会いたいよ、杏華。つややかな髪に、ずっと触れていたかったなあ」

邪な目つきのまま、杏華と呼んだ娘の身体つきを舐めるように眺める。

「その髪、その白い肌。お前こそ、俺の求めた理想のアイドルだ」

画面の中の美少女、音無杏華は彼の元勤務先である音無プロの社長令嬢だ。

同時にヴィエルジュのメンバーであり、三人の中で最年少のアイドルでもある。

そして雅也にとっては幼い頃から見知った、かけがえのない存在だった。

『では、おじさま、またビデオレターを送ります。今度はきちんとした形で会いたいですね。それでは失礼します』

「ああっ、待ってくれ、行かないでくれっ、杏華っ」

モニタの中で、ぺこりと頭を下げる少女のロングヘアがふわりと揺れる。

いかにも清楚なさまに見蕩れていれば、無情にも画面はブラックアウトする。

思わず伸ばした手も、空しく暗闇を摑むだけだった。

「ああ、離されてもう一年か。映像じゃよくわからないが、さぞ綺麗になっただろうな」

触れることのできないもどかしさから、老人みたいな深い溜息を吐く。

「十四しか歳が離れてないのに、おじさま呼ばわりはつらかったけど、懐いてくれて嬉しくもあったよ」

杏華が雅也をおじさまと呼ぶのは、勤め人と社長令嬢という間柄のためではない。

雅也と音無プロの社長一族とは遠戚関係であり、実は幼い頃から面識があった。

「お前は昔から美しかったからなあ。それこそ、周りの男が放っておかないぐらいに」

当然、杏華もまだ生まれた頃から知っており、妹のように接してきた。

しかし日々美しさを増す少女に、いつしか兄妹以上の思いを抱くようになっていた。

「いずれ俺の物にしようと、そう考えていたから仕事にも打ち込めたんだ。なのに、いまはこのザマだ」

だがそれが、娘をアイドルとして売りたい女社長の逆鱗に触れてしまったらしい。

邪な思いに気づいた真梨恵によって事務所を追放され、杏華とも引き離された。

以来、こうして片田舎のペンションオーナとして隠棲する羽目になったのだ。

「だけど俺は諦めない、いずれまた返り咲いてやる。そしてお前を手に入れることもな……」

暗い情念の籠った目で虚空を見上げれば、雅也は胸に秘めた野望を口にする。

どうやら沙由理を罠に嵌めたのも、すべて遠大な計画があってのものらしい。

「ふふっ、そのために沙由理を罠に嵌めて堕としたんだ。計画の首尾は上々だな」

ニヤリと笑えば、デスク上に散らばる数枚の写真に目をやる。

そこには、温泉で雅也に無残にも犯される画が、はっきりと映っていた。

「いい画が撮れたぜ。これを見ればあの女、真梨恵も俺の話を聞かざるをえなくなるに決まってる……ん？　来客かな」

下卑た顔つきでほくそ笑んでいれば、来訪を告げるブザーが鳴る。

エントランスに訪問者があれば、知らせてくれる仕組みになっているのだ。

慌ててカメラを切り替えれば、思い出したくもない不遜な顔が画面に映っていた。

「むっ、こいつは……望美か、もうきたのか」

門前に高級そうなSUVが停まり、派手なスタイルの少女が降りてくる。

シートから降車すべく伸びた細い脚は、見蕩れるほど長くしなやかだ。

「どうやら彼氏もいっしょみたいだな。前とは別人のようだが、思ったよりも早かった」

沙由理と二人で示し合わせてペンションへ来ることは、雅也も承知だった。

こちらの出迎えを待っているのか、玄関先で偉そうに腕組みをしている。

女性にしては高めの鼻梁も、美しくも激しい望美の気性を表していた。

「ふんっ、相変わらずかわいげのない娘だ。まあいいさ、たまにはじゃじゃ馬を馴らすのも悪くはない」

新たな獲物が網にかかったことを内心で喜びながら、すっくと席から立ち上がる。

きびきびと準備を始める姿は、もう落ち込んだ雰囲気は微塵も感じられなかった。

＊

「ちょっとおっ、いつまで待たせる気よおっ。ほんっと、田舎はサービス悪いわねえ」

「落ち着けよ、望美、まだ到着したばっかりなんだぜ。まあ辺鄙なのはたしかだけどな」

駐車場の入り口にどでかい外車を停めながら、一組の男女が悪態を吐いている。

どちらもこのあたりではまず見かけない、軽薄を画に描いたような装いだ。

「ふんだっ、だからこんなとこ来たくなかったのよ。私を誰だと思ってるのかしら」

露出高めのギャルふうファッションで、毒づいている少女は望美だ。

美脚を引き立てる真っ赤なピンヒールで、そのスタイルのよさには目を奪われる。

ただし態度は最悪だが。

「ここで待ってれば迎えにくるんだろ？　その元プロデューサーとやらが」

金髪耳ピアスの若者は芳樹だが、こちらも堅気には見えない佇まいだ。

入り口前に堂々と停車して、他の車両の邪魔になることなどまるで気にしていない。

「そうよ、以前なら定刻どおりに迎えに出るはずなのにいっ。田舎に籠って耄碌したのかしら」

「耄碌って、まだそんな年でもないんだろ？　うおっ、あれか、話のとおりでけえな」

周囲の迷惑など顧みずくだを巻いていれば、やがて玄関が開き主が現れる。

熊のような巨体を唸らせ歩いてくる雅也に、初対面の芳樹は気圧されていた。

「久しぶりだね、一ノ瀬くん、よく我が宿へ来てくれた。後ろの彼もようこそ」

「やっときたわね、遅かったじゃない。出迎えに五分もかかるなんて怠慢よっ」

望美はずいと聳える巨漢を前にしても、まるで畏まらない。

プロデューサー時代から、その尊大な態度に手を焼いていたのを思い出す。

「ふう、相も変わらず騒々しい。ウチみたいな静けさが売りの宿には、いい営業妨害だよ？」

「誰のせいだと思ってるの。それこれも、あんたがこんな田舎に引っ込んだせいじゃない」

「これは手厳しいな。しかしその様子では、いまだに社長を困らせているようだが」

「あら、TVを見てないの？　いまやヴィエルジュは国民的アイドルなんだから、そんなドル箱に正面切ってお説教するわけないじゃない」

やんわり窘めても、まるで堪えていない望美は、逆に言い返してくる。

鳶色のヘアを翻し不遜な面持ちで大見得を張る少女に、雅也もあきれ果てる。

その後ろでは芳樹がニヤニヤとやりとりを見ているのも、癪に障るポイントだ。

「にしても、私には時間厳守とか言ってたくせに、会社を辞めたら途端ルーズになるのね。落ちぶれたくはないものだわ」

異国情緒を感じさせるエキゾチックな顔立ちを顰め、これ見よがしな皮肉を言う。

ヒスパニックの血を引いているせいか、日本人離れした美しさは相変わらずだ。

元々ヴィエルジュは、クォーターの美少女を集めたグループだから当然ではある。

「生憎いまは閑散期でね、パートの人手も少ないんだ。だから、あまりサービスに時間をさけないんだよ」

「ふんっ、まあいいわ、早く私たちを案内してちょうだい。こんなところで突っ立っていたせいか疲れちゃった」

召使いに命令する令嬢のような口調だが、雅也はずっと温和な笑みを浮かべたままだ。

無論、腹の底では、憤懣が煮えくり返っているが。

しかし、なにも言わず重そうなバッグを持ち、溜息を吐きながら屋敷内へ案内する。

「はいはい、ではこちらへどうぞ。まずはチェックインを済ませてくれたまえ」

「あら、意外と素直じゃない、それでいいのよ。あと、車もお願いね」

言うや、持っていた車のキーを投げて渡す。

ゴタゴタはあったが洒落た紋様の刻まれた扉をくぐり、ようやく中へと案内される。

「そういえば、沙由理はどこにいるの？　今日このペンションで待ち合わせをしていたはずなのに」

エントランスへ立ち入る望美たちだが、不意に目当ての人物がいないことに気づく。というより雅也をいびるのに飽きて、本来の目的を思い出しただけかもしれない。

「おや、そうだったのかい。彼女なら一足違いでもう帰京したんだが」

「ええーっ、どういうことっ、私の到着も待たずに帰っちゃったわけ？　信じらんなーいっ」

衝撃も事実を告げられ、目を丸くする。

まさか沙由理ともあろう者が、目的を忘れたことに心底から魂消た顔になる。

「なんだよ、いないのかよ。せっかく緒方沙由理ちゃんを生で見られると思ったのによ……ゴホンッ」

芳樹も残念そうな顔を浮かべるが、望美に睨まれれば慌てて黙る。

「いったい全体どうしたのよっ。沙由理がなにも言わずに帰っちゃうなんて信じられないわっ」

「ほう、待ち合わせというのは珍しいね。君たちはグループ内でも、ほとんど口を利(き)

かない間柄だったのに」

「うっ、別に好きで待ち合わせたわけじゃないわよっ」

質問に答えず意地悪な目つきで逆に問いかけられると、言葉に詰まる。

さっきまでと違い、顔を真っ赤にしてしまうあたりはまだ年頃の少女だ。

「ただ私たち二人は、あなたに用があったのっ。だから、今日ここで落ち合うつもりだったのよっ」

「用って、私にかい？　そういえば沙由理もなにか言いたそうだったが、今朝方彼氏といっしょに帰ったんだ」

事もなげに言うが、無論、雅也によって沙由理は籠絡(ろうらく)されている。

温泉で純潔を奪ったあと、因果を含めて恋人とともに帰京させたのだ。

当然、沙由理と望美が示し合わせ、自分を呼び戻そうとしたことも知っていた。

「そんなっ、困ったわ、いまどこにいるのかしら。アプリで連絡しても返事をしてくれないのよ」

「事故に巻き込まれたとは思えないし、いまは出られないだけじゃないかな。それよりも、君たちの部屋へ案内するよ」

「なに言ってるのよっ、そんな暇はっ、あっ、芳樹？」

「まあ、いいじゃないか、とりあえず休もうぜ望美。俺も運転しっぱなしで疲れたよ」

不満の燻る望美の肩を抱き、芳樹はニヤけ面で部屋へ向かうよう促す。

彼氏としては宿でのご休憩が目的なのだから、よけいなゴタゴタは避けたかった。

「ふう、そうね、たしかに少し疲れたし、ひと休みしたほうがいいかしら」

「そうそう、沙由理ちゃんにはまたすぐに会えるって。というわけで、おじさん、早く案内してくれよな」

気安い態度でヘラヘラ笑う芳樹に、望美の疑念も多少は和らいだらしい。

もっともそれは、少女の肢体を堪能したい下心からのものだが。

好色な目をしつつ、雅也に対してはおじさん呼ばわりで命令してくる。

「でも忘れちゃイヤよ。私のほうが、沙由理よりずっといい女なんだからね」

「わかってるって。とにかくせっかく来たんだ、温泉だけでも楽しんでこうぜ？」

「もう、芳樹ったら、あん、人前でそんなとこ触らないで」

人目も憚らず、乳繰り合うカップルを見れば誰であっても眉を顰める。

まして揃って驕慢な態度をとるさまに、暗い情念の炎が浮かぶのは必然だった。

「仲がよいのはけっこうだが、あとにしてくれたまえ。さ、君たちの部屋はこっちだよ」

もっとも腹に一物ある雅也は、そんな気持ちをまるで顔に見せない。

「ふふっ、温泉はたしかに楽しみねえ。話はいつでもできるし、まずはそうしましょうか」

「風呂に行く前に、まずは地酒を堪能してからにしようぜ。酒が入ったあとのエッチは、また格別だからなあ」

まるで雅也など眼中にない素ぶりで、昼間から淫らな会話に耽る。

未成年にもかかわらず飲酒しようとする不届きな若者たちに、怒りが渦巻く。

「せいぜい、いまを楽しめばいい。あとで、ほえ面をかかんようにな」

ぼそりと、二人に聞こえないよう呟く。

復讐に燃える男の横顔は、たとえようないほどドス黒かった。

*

「んふっ、んんん、アアン、芳樹いい……」

薄暗い密室に、少女の寝ぼけた声が反響する。

窓一つない八畳ほどの室内は闇に包まれ、無機質な電子音だけが鳴っている。

静寂の支配する部屋の中心には、一人の娘がカーペット上へ乱暴に寝かされていた。

「うんん、んふううう、あれ、ここ、どこ？」

まるで芋虫みたいに丸くなりながら、望美はもぞもぞと動いている。

冷たい風に頬を打たれ、ようやく意識を取り戻す。

瞳に生気が戻れば、長い睫毛に彩られた瞼（まぶた）もゆっくり開く。

「どうして私、こんなところにいるの？　たしか芳樹といっしょに……」

たしか自分は、元プロデューサーの経営するペンションへ、彼氏と来たはずだった。

宿に着き、部屋で疲れを癒やしたあと、雅也に誘われ食事をとったはずだ。

そのあと、どうなったのだろう、記憶が霞んで思い出せない。

「なんなのかしら、よく覚えてないわ。とにかくあの男を呼ばないと、って、あれ？」

思案を巡らせていれば、ベッドとは違う固い感触に顔を顰める。

自身が地べたに寝かされていることに気づき、慌てて立ち上がろうとする。

だが地面を踏みしめる脚は拘束されており、盛大に転（こ）けそうになってしまう。

「ひゃんっ、えええ？　なにこれえっ」

いつの間にか足首には縄が掛けられ、両腕も後ろ手に縛られていた。

ざらついた荒縄が食いつき、滑らかな肌に痛々しい跡を残す。

動くに動けず、ただ地面を這いずり回ることしかできなかった。

「なによっ、いったいなんなのよおっ、なんで私こんなふうになってるの、フギャッ、いったあっ」

それでも諦めず動こうとすれば、固い物体に頭をぶつけてしまう。

闇の中、目を凝らせば、それは四十インチはゆうにあるＴＶモニタだった。

「えっ、これって、テレビ？　なんでこんなモノが、ひゃっ、それも一つや二つじゃない？」

驚き周りを見渡せば、十台以上はあるモニタの群れに囲まれている。

大小さまざまある画面群は望美を取り囲み、逃がさぬといわんばかりに陳列(ちんれつ)されていた。

「こんなにいっぱいあるなんて、まるでテレビ局みたい。あっ、モニタが？」

呆気にとられていれば、不意に電源がオンになり、映像が流される。

粗い画像が徐々に鮮明になれば、艶めいた声とともに破廉恥な情景が現れる。

「ひっ、なによ、この映像に出てくるのって、もしかして……私？」

信じられない映像に、少女の整った容貌も引き攣る。

そこに映っていたのは、先程までバスルームで淫らに戯れていた自分自身だった。

『ううっ、いいぞ望美、おま×この締まりがたまらないぜ、ぐうっ』

『アンッ、アアアンッ、もっと突いてえっ、芳樹い、奥までええええっ』

『ふうっ、こんなにいやらしく吸い付いてくるなんて、お前は口だけじゃなくて、ま×こも名器だっ』

『んんうっ、ふふ、そうよ、私は誰よりも綺麗でセックスも最高なんだからあ、アアアンッ、それ早いいいいい』

シャワーに打たれながら壁に手を突き、獣のように後ろから貫かれ嬌声をあげる。

百センチのHカップが、ピストンによってムニュムニュと弾む。

卑猥すぎる光景に息を呑めば、鳶色の瞳を見開き、上ずった悲鳴を出す。

「いやああああっ、なんなのよおっ、なんでこんなモノがっ、ああっ、またなにか映ってるうっ」

さらに他のモニタにも光が灯れば、次々と自身の淫らすぎる姿が映し出される。

自宅のベッドで別の彼氏との交わりが映され、驚きより戸惑いが浮かぶ。

「嘘、これって私の家じゃない。こんな物まで、いったい誰が撮ったの……」

さらに撮影先のビーチで、カメラマンと絡み合う痴態まで流されているのだ。

なぜこんな映像があるのか、疑問を感じていれば、ようやく部屋に照明が灯る。

「キャッ、明かりがっ？」

「お目覚めかな、一ノ瀬望美くん。俺のコレクションは気に入ってもらえたかな？」

「はっ？　ええっ、あなたは、まさか……」

眩（まぶ）しさに目を瞬かせる少女に、聞き覚えのある声が掛けられる。

モニタの林を掻き分け、白いガウンを纏った巨漢が現れる。

「雅也、さんじゃない、なんであんたがここにいるのっ。コレクションって、まさか……」

「そう、こいつはすべて、お前の私生活を隠し撮りして集めたものさ。実にいい画が撮れたよ」

ずいと大柄な体軀を揺らし現れた男は、雅也だった。

「なんですってっ、ひどいっ、私のマンションにまでカメラを仕掛けてたのねっ」

「気づかないほうが間抜けなんだ。お前こそそんな格好で這いつくばって、トップアイドルが形（かた）無しだな」

どうやらプロデューサー時代から、望美の性生活を盗撮していたらしい。

非難を鼻で嘲笑い、傲慢な顔つきで地べたに這う少女を見下している。

「なにを言ってるのよ、格好ってなにがっ、ああっ？　いやああっ」

指摘され、ようやく自分が着せられている服装に気づき、再び悲鳴をあげる。

それは過激なボンデージスタイルで、おっぱいやおま×こが丸見えなデザインだ。

レオタード型の黒いレザースーツは、まるで緊縛するかのように柔肌を締め付ける。

「どうりで動きづらいと思ったら、なんでこんなっ、あんたがしたのねっ」

「よく似合ってるぞ。お前みたいな跳ねっ返りの娘には、それぐらいがちょうどいい」

「ふざけないでっ、私をなんだと思ってるのよっ、早く縄を外しなさいっ」

縛られ転がったままでは迫力に欠けるが、それでも懸命に雅也へ訴える。

猫が唸るポーズみたいに腰を上げ頭を低くし、必死の形相で睨み付けてくる。

もっとも深いスリットが施されたスーツは、動くほど大事な部分が丸見えになるが。

「だいたいここはどこなのっ、なんでこんな格好させるのよっ、なんの恨みがあるのよおっ」

「恨みならたっぷりある。ここは秘密の根城、お前みたいな気性の悪い子をお仕置きするためのものさ」

「お仕置きって、私にこんなことをしてタダで済むと思ってるのっ、元プロデューサーの分際でっ」

「おっと、どれだけ声を出しても誰にも聞こえないよ。ここはペンションの地下室だからね」

「地下室？　いったいいつの間に、はっ、まさか私に薬を盛ったわねっ、なんて卑怯なのっ」

夕食時、雅也ご自慢のバーへ案内され、ついボトルを丸々一本開けてしまった。

そのあとからの記憶が途切れていることに、いま頃になって気づく。

「それは誤解だなあ、少し度の高い酒を勧めただけさ。だいたい未成年のくせに飲酒とは、それだけで許し難いがね」

「あんたが勧めたんじゃないっ、あれだけ飲めって言われたら、酔うに決まってるわっ」

唸る望美を見下したままの雅也は疑惑を否定するが、縄目を解こうともしない。

少女を怒らせることを楽しんでいるふうに見えた。

「そういえば、芳樹はどうしたの。私がここに連れ込まれるのを黙って見てたのっ？」

さっきから恋人の姿が見えないが、どこへ消えたのかと考えていた。

まさかとは思うが、自分を見捨てて逃げ出したのだろうか。

「芳樹？　ああ、あの金髪の坊主か。ついさっきまでお楽しみだったよなあ、いい映像が撮れたよ、はっはっは」

芳樹との交わりが映ったモニタをバンバン叩きながら、満足そうに笑う。

余裕ぶった態度に歯ぎしりするが、むしろそんな鬼女面も美しい。

「あの小僧なら、もう帰ったよ。この画像を公開すると脅したら、尻尾を巻いてねえ」

「嘘っ、芳樹が私を見捨てて帰っちゃうなんてありえないわっ、そんなの嘘よっ」

「おや、ずいぶん健気（けなげ）じゃないか。それほど信頼しているようには見えなかったが」

「ううっ、それは……」

元々、芳樹とは、互いの立場や肉欲を体（てい）よく利用していた関係にすぎない。

事実ではあるが、指摘されればよけいに腹が立つ。

「彼も実家の体面や、タレントとしての未来を考えたんだろうねえ。少し脅しただけで、尻尾を巻いて退散したんだよ」

「芳樹ったらあっ、帰ったらとっちめてやるんだからっ」

「ふふ、そんな心配をしてる暇あるのかな。これから自分が受けるお仕置きのことを考えたほうがいいんじゃないか」

憤怒の表情を浮かべるが、目前の淫獣は獲物を前に舌舐めずりしている。

いよいよお待ちかねの陰惨なショーを開始すべく、ごつい腕をずいっと伸ばす。

「ひっ、なにをするのよおっ、やめなさいっ、私になんの恨みがあるのよおっ」

「恨み、だと？　そんなモノはプロデューサーをしていた頃からたっぷりあるんだっ、今日こそそれを返してやるっ」

「アアンッ、いやああああんっ」

少女の身体を軽々と持ち上げれば、腕を縛った縄を天井に掛けられたフックへ通す。

そのままぐいとロープを引っ張れば、宙ぶらりんの格好で吊し上げられる。

「ひゃああんっ、離しなさいっ、お願い離してえええ」

「ふふっ、いい眺めだな、いまをときめくアイドルが、なんともはしたないことだ」

「うぐううっ、ひどいわっ、なんて乱暴なことするのよおっ」

俗に吊り責めと呼ばれるスタイルで拘束され、ボンデージ少女はつらそうに息を吐く。

もっとも雅也にすれば、これぐらいではまだ復讐の半分も済んでいないが。

「ふんっ、お前の尻拭いで俺がどれだけ苦労したと思ってる。ひどいのはどちらだっ」

「ええっ、そんなこと言われても……」

「ふざけるなっ、まだ十五、六の小娘というのに次から次へとスキャンダルを繰り返してきたくせにっ」

雅也の口からは、積年の恨みが噴出する。

「ううっ、でもそれがあなたの仕事じゃない、当然のことでしょっ」

不祥事のあと始末など当たり前といった顔の少女に、怒りにも火が灯る。

望美は十五歳でヴィエルジュの一員になって、数限りなく問題を起こしてきた。

そのたび関係者各位に謝罪して回っていたのは、他ならぬ雅也なのだ。

「当然だと？　お前がさんざん楽しんでいる間、俺がどんな思いで頭を下げてきたかわかるのかっ」

「それは、あああん、やめてえ、乱暴にムニュムニュしないでえっ」

「これから俺が味わってきた屈辱をたっぷり教えてやるっ、覚悟するんだなっ」

ムギュリとHカップの巨乳を荒々しく摘まめば、悲痛な声があがる。

いつもの勝ち気な態度は影を潜め、可憐な鳴き声で囀ってしまう。

「教えるって、いったい私をどうするのよお、アアンッ、いやあああん」

反抗したくても、縄で縛られ、吊された状態ではなにもできない。

いままで見たこともない恐ろしげな顔の雅也に、ひたすら怯えるだけだった。

「まったく、本当にけしからんおっぱいだな、望美は。まだ女子高生というのに、身体だけは一人前以上に育ちおって」

「んんんっ、痛いっ、そんなに強くしないでえっ」

健康的な蜜色の肌は、触れるだけで麻薬みたいに男を狂わせる。

沙由理より年下というのに、見事に育ったおっぱいは果物のように瑞々しかった。

雅也も我を忘れ、十七歳とは思えぬ百センチバストを揉みしだく。

「はあ、手に吸い付く感じ、たまらんな。お前は本当に、身体だけは最高級の上物だよ」

「アアンッ、そんなふうに言われても嬉しくないわあ、もうやめてええ」

ムニムニと乳房を愛撫され、悲鳴をあげながらも敏感に反応する。

非処女とは思えぬ清楚なピンク色の乳首は、生意気にしこり立ってくる。

女豹のようにしなやかな女体も、執拗な言葉嬲(なぶ)りで悶え苦しんでいた。

「ふんっ、さっきはあの金髪の小僧に、さんざん揉ませていたじゃないか。こんなに乳首を立たせて、なにがやめてだっ」

「感じてなんてないもんっ、キャンッ、強く摘まれたらダメなのおっ」

「俺の目はごまかせん、お前は優しくされるよりも乱暴に犯されたほうが感じる淫乱だっ」

「淫乱、ってえ、私そんなんじゃないわっ、エッチだって寂しいからしてただけなのよおっ」

　言葉責めで感じているのか、首をイヤイヤしながらも頬は上気している。

　画像に流れる自身の交わりを見ているせいか、いつも以上に昂った様子だ。

「ふふ、ではこれから、俺がお前をもっと感じさせてやろう、覚悟するんだな」

「あああっ、なにをっ？　いやあああああっ」

　宣言し纏っていた白いガウンを脱げば、隆々とした筋肉質の裸身が現れる。

　これまで抱かれた男たちが貧相に見えるほど、それは堂々とした体軀だ。

　しかし少女の注目をもっとも集めのたは、下腹から伸びた赤黒く巨大な物体だった。

「いやああん、それってまさかああ、信じらんないいい」

「もっと目を開いてみろ、これが本当の男のち×ぽだぞ」

「んうううっ、ひゃあああん、そんなもの見せないでえええっ」

ずいと握りしめ、黒光りする男根を眼前へ見せつければ、たまらず目を背ける。

ありえないほど力強く漲りビクビクと脈打ちながら、怯える少女をさらに威嚇する。

「なにを、おぼこめいた台詞を。さんざん男のち×ぽを咥え込んできたろうに」

「そんなこと言われてもお、雅也さんの大きすぎよお」

「こいつをお前の身体で鎮めるんだ、せいぜい楽しませてもらうぞ」

巨体の股間から覗く牡のシンボルは、たしかにありえない大きさだ。

画面に映る彼氏たちの逸物と比べ、規格外の怒張なのだ。

「楽しむだなんて、いやあああん、そんな大っきいの無理いい」

「あの芳樹とかいう貧弱な小僧もだが、お前が寝てきた連中など男じゃない。さあ、いまから本当の男を教えてやるっ」

「あああ、もう許してえええ」

拘束され吊された状態では、もはや泣いて哀願するしか望美にはできない。

間近に出された極太の陰茎を前に、初心な乙女みたいな反応をする。

「ではまず、このおっぱいをかわいがってやるぞ、ぐふふ」

「あんんっ、そんなものを私の身体に近づけないでえっ、火傷しちゃううう」

爆乳をムギュリと抑え付けられ、灼熱の肉棒を近づければ恐怖に戦く。

「暴れても無駄だ、いくぞおっ、ぬうっ、くうううっ、こいつはキクぜええっ」

「ひゃああんっ、私のおっぱいに大っきいのがああ、いやあああっ」

たわわなおっぱいの隙間に野太い逸物を差し込まれ、柔肌も熱を帯びる。

おっぱいを犯され、いままでの尊大な態度が嘘のようにかわいい声をあげる。

「くうっ、なんて柔らかさだっ、ヌルヌルして俺のち×ぽに吸い付くぜっ」

「アアンッ、私のおっぱいが、おち×ぽに犯されてるうう、熱いいいっ」

モニタに囲まれた二人きりの地下室で、強制パイズリの刑が展開される。

グリグリと腰を突き動かし、見事に弾むHカップを制圧する。

しっとりとした感触は、おま×こに入れたときと同じぐらいに肉棒を包み込む。

「なにをそんなに嫌がる、パイズリの経験がないわけでもないだろう？」

「パイズリだなんて、そんなはしたないことしないもんっ、あああんっ」

「ほう、なら俺が、男を喜ばせる方法をたっぷり教えてやるっ」

「いやああっ、おっぱいの谷間から、おち×ぽがはみ出てるうう」

キュウキュウ吸い付く爆乳から肥大化した亀頭が覗けば、悲鳴も艶めく。

猛り立つ怒張に肌を薄桃色に染め、明らかに発情していた。

「ああ、すごい、なにこれえ、私のおっぱいを、おち×ちんがニュルニュルッて動い

「どうやら感じているようだな、ち×ぽをパイズリされただけで感じるとは、やはりお前は淫乱だっ」

「感じるだなんてえ、んんっ、でも熱くて硬いおち×ぽ、とっても素敵いい」

激しい行為のなか、少女はいつしか目をトロンとさせ、物ほしげな顔になっていた。

興奮から瞳は潤み、だらしなく開いた口はよだれを垂らしている。

「そんなにほしければ、もっとくれてやる、さあ存分に味わえっ、うおおっ」

「きゃあああん、そんなにおっぱいコスコスしちゃらめえっ、どうにかなっちゃうううう」

ピストンのスピードを上げ、さらに快楽を貪ろうと爆乳を犯す。

あまりの心地よさに雅也も復讐を忘れ、ひたすら腰を突き上げるだけだ。

「ぐっ、もうダメだ、このままお前の胸へ出すぞっ」

「あああんっ、おち×ぽがビクンビクンて唸ってるう、いまにもはち切れそうっ」

恐怖で歪んでいた顔は、いつしか快楽を求める牝へ変わっていた。

これまでのセックスで感じたことのない、征服される被虐心が少女を狂わせる。

「ぬおっ、行くぞっ、望美っ、お前のおっぱいに、たっぷりだしてやるっ」

「いやああっ、やめてええっ、おっぱいがどうにかなっちゃううううっ」

あまりに激しいピストンから、吊された少女はガクンガクンと揺れている。

逞しい男の猛攻を受け、十七歳の現役アイドルＪＫは官能に悶え苦しむ。

「出すぞっ、望美のすべてを汚してやるっ、ふおおおおおっ」

咆哮とともに真っ赤に肥大化した先割れから、ついに牡の喜びが爆発する。

「はあああんっ、おち×ぽがビュクンビュクンてええ、なんてすごいのおおおっ」

「ぐううっ、なんておっぱいだ、俺のち×ぽに絡み付いて離さないとはっ、たまらんっ」

吹き上がる牡の精は、熱いシャワーとなって少女の全身へ降り注ぐ。

ズビュズビュと発射される精液の雨のなか、望美はひたすら戦いていた。

「うう、ケホッ、はふうう、やっと止まったの、なんて長い射精なのかしらあ」

「はあはあ、お前のおっぱいが気持ちよすぎるからだ。まったく性格は最悪のくせに、それ以外は極上だな」

荒い息を吐きつつも、望美の完璧なスタイルには舌を巻かざるをえなかった。

白濁液まみれのボンデージ少女は、めちゃくちゃに汚された姿さえ美しかった。

「ああん、おち×ぽミルクで体中がベタベタ、ひどいわ、なんで私がこんな目に……」

屈辱を受けながらも感じてしまうあたり、やはりMの気質があるかもしれない。

「お前は昔から性根が曲がっていたからな、こうして躾けてやらないと立派なアイドルになれないんだ。感謝するんだな」

「性根がって、そんな言い方ひどいわ。私だって、必死に頑張ってるのにい」

「ふんっ、ならなぜ俺を事務所に呼び戻そうとしていたんだ？　俺の力が必要だったのだろう？」

顔を真っ赤にして抗弁するが、ここへ来た目的を指摘されれば声に詰まる。

望美たちの目論みは、どうやらすべて筒抜けだったようだ。

「うう、なんでそれを知ってるのっ、沙由理に聞いたのね？」

「ああ、そうとも、沙由理からたっぷり聞いたよ。少しかわいがってあげたら簡単に口を開いてくれたよ」

目的を喝破され動揺するあたり、しょせん十代の小娘である。

酒に酔わされ地下室へ連れ込まれれば、もう強気な態度も取りようがなかった。

「まさか、沙由理にもなにかしたのねっ、ひどいっ、きゃあああん」

「そんな口を利いてる暇があるのか、お楽しみはこれからなんだぞ」

「アアンッ、グラグラしちゃううう、そんなに揺らさないでえっ」

吊された縄を引っ張れば、まるで振り子のようにガクンガクンと翻弄される。

しばし玩具として弄ぶと、やがて尻肉を摑み、後ろから犯すスタイルになる。

「いやらしい尻だな、こんなにむっちりと肉が詰まって。おっぱい以上にけしからん」

「いやああっ、これ以上はもうやめてえええっ」

柔らかな臀部を撫でつければ、つるつるなヒップはおっぱい以上の触り心地だ。

「まだ十七の小娘のくせにけしからん、まったくけしからんっ、こうしてやるっ、ふんっ」

「きゃあああんっ、いきなりひっぱたかないでええええ」

ぺちぺちと、子供を折檻する手つきでヒップを打擲され、艶めいた声を出す。

叩かれるたび、少女の身体は切なげに震え、痛みすら快感へ変えていた。

「アンッ、痛いい、それ以上、叩いちゃいやあん」

「おいおい、やっぱり変態じゃないか、尻をひっぱたかれて感じるとはなあ」

「そんなことっ、アアン、だってお尻は敏感なのおおっ」

「ふふっ、調教は順調だな。どれ、これだけ感じてるなら、下のほうはどうなっているかな？」

嫌がりながらも頬を染める少女に、男の嗜虐心も刺激される。

お尻を撫でていた手をつい乱暴に、菊花の下で息づく秘割れへ伸ばす。

「あああんっ、そこはあっ、ひゃあああんっ、そこだけはダメえええっ」

「ぬおっ、すごいな、もうびしょ濡れじゃないか」

「んんうっ、そんなに指を入れないでえっ、グリグリされたら痛いの」

パイズリや尻叩きの興奮からか、密やかに息づく割れ目はすでに大洪水だった。

「尻を叩かれて濡らすとは、もはや疑いようもない、お前は真性のマゾだよ」

「ふええん、そんなことないのにいい、雅也さんの意地悪う」

「だが安心しろ。これから俺がたっぷり仕込んで、立派なアイドルにしてやる」

入り口は蜜で潤っているが、まるで処女みたいにぴっちり閉じられていた。

「お前の初体験は、たしか十五のときか。相手は年上の大物俳優だったな。あんなオヤジに、初物おま×こをくれてやるのは惜しかった」

「はああああんっ、指があああ」

ブチュリと不躾な指が、いまだ可憐な少女の秘割れへ突き込まれる。

何人もの男に貫かれたとは思えぬめしべは、太い指を窮屈そうに受け入れる。

「アアン、やめてええ、それ以上グリグリしないでえ」

「すごいな、このきつさは、大勢の男のち×ぽを咥えてきたとは思えんぞ」

「ひどい、こう見えて望美のおま×こは名器だねって、みんなが言ってくれるのよお、あああんっ」

「アイドルが、そんなことを自慢するんじゃない。やはりお前は徹底的に躾けてやらないとなっ」

ヌルヌルの秘割れは、早くち×ぽがほしいと指に吸い付いてくる。

潤う襞の心地よさに、差し込んだ指にも思わず力が入る。

「んんっ、痛いっ、強くしないでえ」

「なんて濡れ方だ、こりゃあたまらんな、早いとこのち×ぽをぶち込みたくなるぜ」

「ええっ、それってえっ、いやあああああっ」

驚いた少女が背後を見やれば、いまにも襲いかからんと逸物を握りしめている。

ギンギンにそそり立つ怒張は、これまで見たどんな男のモノよりも巨大だ。

「アアンッ、入れちゃいやあっ、それだけは許してえええ」

脚をバタバタ動かして、必死に凌辱から逃れようとする。

だが伸ばした脚は空(くう)を蹴るだけで、無駄な抵抗でしかなかった。

「ふふふ、もっと抵抗してもいいんだぞ。ほら、画面の中の彼氏に見せてやれ」

「画面のって、ああ、芳樹？」

雅也に言われ正面のモニタに目をやれば、詰め寄られる芳樹の姿が映っていた。

おそらく、つい先程までのやりとりを映したしたものだろう。

『うえっ、なんだよこれ、いつの間にこんな画像がっ』

『よく見たまえ、キミの顔もバッチリ映っているだろう。これが世間に流出したら、いろいろまずいんじゃないのかな？』

画面の中で、芳樹はすでに顔面蒼白だ。

情事の証拠を見せつけられ、脅迫されている真っ最中だった。

『なんだよっ、俺を脅す気かよっ、んなこと言われたって……』

『虚勢(きょせい)を張っても無駄だよ、久住芳樹くん。問題を起こして事務所を追放されると困るだろう？』

『うっ、なんでそんなことまで知ってるんだ……いや、元敏腕プロデューサーって触れ込みだったか』

所詮(しょせん)は、望美の身体目当てで付いてきただけの関係である。

強く威圧されれば、尻尾を巻いて逃げ出すことしかできない男だった。

『悪いことは言わないから、このまま帰りたまえ。君にとっても悪い話ではないだろう？』

『ううっ、わかったよ、帰りゃあいいんだろ……でもこのことは、くれぐれも内密にしてくれよなっ』

捨て台詞を残しながら一目散に帰路へつく芳樹の姿に、少女は絶望していた。

ほんの一瞬でも、身体と心を許したことが心底から憎らしかった。

「ううっ、芳樹ったらあっ、ああっ、きゃああああんっ」

「彼氏の不満は、そこまでにしておこうか。さあ、いよいよメインディッシュをいただくときだっ」

吊り上げられた少女をぐいと引き寄せ、いよいよバックから犯そうとする。

むんずと尻肉を摑めば、反り返る砲身で濡れ濡れの花園へ狙いを定める。

「はああんっ、やめてええっ、こんなのヤダあああっ」

「ぐふふ、もっと抵抗してもいいんだぞ、嫌がる娘を無理やり犯すのも楽しいからな」

唸りをあげる剛直が、興奮でヒクつく秘割れに押し当てられる。

それまで感じたことのない圧迫感に、十七歳の小娘はただ怯えるだけだ。

「こんな物ほしげに吸い付くとは、いやらしいおま×こだ、ではそろそろいくぞっ」

「ああん、ダメえぇ、硬いおち×ぽにグリグリされてるううう」

「そうだ、いまからお前を立派なアイドルにしてやるんだっ、うりゃあああ！」

「きゃあああああん、おち×ぽがズンッてええええ、いやあああああああっ」

号令とともに腰を突き出せば、すさまじい熱量の男根が蜜壺を蹂躪する。

グニュリと盛大な音を立てつつ、極太の男根に貫かれる。

衝撃から少女は弓なりに背をのけぞらせ、地下室中に轟く悲鳴をあげていた。

「アン、アアンッ、なにこれすごいのおっ、私の中がいっぱい広げられてるううっ」

「ぬぐうっ、なんてきつさだ、さんざん男と寝てきたくせに、この締まり具合とはっ」

「キャンッ、アアアン、こんな太いの初めてえええええええ」

ありえないほどの圧迫感に、これまで抱かれてきた男の面影が消し飛んでゆく。

女壺を貫く肉竿の存在感は、記憶にあるペニスのどれよりも硬く長大だった。

「ふうう、こんな格好で男にぶち込まれても感じるとはな、お前の淫乱は天性の資質だっ」

「アアンッ、だってえ、雅也さんのおち×ぽすごいのおっ、おち×ぽに押し潰されちゃううう」

肉の辱めを受けながら、望美の肢体には陶酔にも似た官能の炎が燃え上がる。

「アンッ、おち×ぽ熱くて硬いのおお、こんなおち×ちん、信じらんないよおお」

「当たり前だ、俺のち×ぽは貧相な男どもとは違うからな、いま思い知らせてやるっ」

「んひゃあああん、グリグリしちゃらめええっ」

腰を掴んで固定すれば、おもむろにピストンを開始する。

ただし最初はゆっくりと、女膣の肉襞を広げる緩慢なストロークだ。

「ふああんっ、息ができないいい、おち×ぽに、どうにかされちゃううう」

「まずはこうやって、おま×こを俺のち×ぽに馴染ませないとな、お前のすべてを上書きしてやるっ」

「アアンッ、上書きだなんてえっ、でもすごいのおお、もっとしてえええええ」

切なげに眉を顰め、頬を朱色に染める少女はさらなる恥辱を望んでいた。

灼熱の淫棒をぶち込まれ、ありえないほどの快楽に囚われている。

「なんて締まり具合だっ、おまけに中はトロトロで、沙由理以上の名器かもしれんなあっ」

「アアンッ、やっぱり沙由理にもって、あの子にもなにかしたのねえぇっ」

背後から極太の陰茎に突かれ、自身が罠に嵌められたことを思い知る。

「ふふ、最初は嫌がったが、処女を奪ったら従順になったよ」

「なんてひどいっ、はああんっ、でも、おち×ぽ気持ちいいぃ」

「だが安心しろっ、お前のおま×こは、沙由理よりも気持ちいいっ」

「ふああん、もっと言ってえ、沙由理より私のほうが上ってえええええっ」

金髪ロシア美少女は、同じグループであっても、美しさを競うライバルだった。

その沙由理よりも上と言われ、望美は感動に打ち震える。

「何度でも言ってやるっ、こうやって俺に抱かれることで、沙由理よりも立派なアイドルになれるんだっ」

「アンッ、嬉しいいいっ、ひゃあっ、それ激しいのおおおおっ」

煌々とした明かりの差す真夜中の地下室で、淫らな調教は続く。

天井に吊られたボンデージ美少女を、屈強な体軀が犯す様はあまりにも淫らだった。

「いいぞっ、もっと締め付けろっ、望美のおま×こは締まりもヒダヒダも絶品だっ」

「はいいっ、なりましゅうっ、おち×ぽズンズンして雅也さんのモノにしてえええっ」

「ふんっ、ついさっきまで恋人のち×ぽを咥えていたくせに、なんて言いざまだっ、このドスケベ娘めっ」

大声で罵り(ののし)つつ、ピストンのスピードを上げる。

「アアアンッ、そんなガクンガクンしちゃいやあああっ、すぐにイッちゃいそうなのおおおっ」

「おおっ、存分にイケッ、俺のち×ぽでなきゃイケないようにしてやるぞっ」

ジュブジュブと猛烈にいやらしい水音が、二人の交接部から湧き上がる。

肉が叩かれる激しい打擲音もまた、室内にこだまする。

官能に浸る少女の囀りとともに、頂点を目指し駆け上ろうとしていた。

「はあああん、もうダメええ、こんなすごいの初めてええええええっ」

「ぐうっ、いいぞ、画面の彼氏にお前がイクところを見せるんだ、さあ、早くイッてしまええっ」

「いやああああっ、雅也さああん、すごいのおおおおおっ」

ガンガンと打ち込まれる肉の杭が、ついに子宮を潰すほどに挿入される。

身体の奥底まで牡に征服された瞬間、少女の脳裏に激しい電流がスパークする。

「イクッ、イッちゃうううっ、逞しいおち×ぽでイッちゃううううううううっ」

「ぬおっ、俺も出るっ、お前の中は最高だっ、俺が育てた最高のアイドルだぞおおっ」

野獣の雄叫びとともに、怒張の先端から熱した白濁液が射出される。

溢れる精液のシャワーに、少女は全身をくの字に折曲げ、美しい横顔を歪ませる。

「アアアンッ、熱いのが私のおま×こにいっぱいいいいい、白いミルクで溺れちゃううううう」

意識のかすむ望美の目には、大勢の彼氏に抱かれる自分の映像が飛び込んでくる。

まるで複数の男から辱められる感覚に浸りながら、絶頂の渦に呑まれていた。

「ぐふうっ、ち×ぽがギュウウッて、なんてきつさだ、俺のを一滴残らず吸い取るつもりかっ」

「んふうう、おち×ぽグリグリして中に入ってきちゃうう、子宮がこじ開けられるううううっ」

すべての精を注ぎ込むべく、いまだ萎(な)えぬこわばりを、さらに奥へ突き込む。

無残に荒らされた少女の花園はもう、可憐な原形を留(とど)めていなかった。

「はあはあ、あの強気だった望美も、こうしてち×ぽをぶち込めばおとなしくなるんだ。まったく、アイドルを犯すのは癖になるぜ」

「んふううん、雅也さんのおち×ぽ、まだ全然小さくならないのお、芳樹のとは大違いよお」

彼氏の逸物は一度の吐精ですぐに萎えてしまい、連続性交などありえなかった。

だが膣内を満たす怒張の存在感は、望美の男性観を一変させるほどだ。

「ふふ、まだまだ夜はこれからだぞ。これからたっぷり調教して、俺だけのアイドルに仕立ててやるからな」

「ああ、もうこれ以上は、はあああああん」

悪魔の笑みを浮かべた雅也により、再びの凌辱が開始される。

より太さを増した肉茎により、ゴリゴリと肉襞が無慈悲に削られてゆく。

「アンッ、すごいの、こんなすごいおち×ぽ知ったら、もう元に戻れないいいいいっ」

艶めいた声がこだまするたびに、淫靡な打擲音も高くなる。

魔獣のような男によるアイドルの調教は、夜を徹して行われるのだった。

第三章　憎き女社長との再会

都心の一等地、人とモノが犇めく複合商業ビルの中に、音無プロはあった。

上層にあるフロアの一隅でスーツ姿の美女の下、数名の秘書が業務に従事している。

「その書類のミスはすぐに直しておきなさい。あと篠原会長との会食はキャンセルよ。今日はあの子たちのステージ初日だから、まずはそっちを優先するわ」

真っ赤なスーツに人目を引くメイクのクールビューティが、てきぱきと指示を出す。

流れるような黒髪と理知的な美貌は、いかにもやり手な経営者を思わせる。

音無プロダクション社長、音無真梨恵の日常は多忙を極めていた。

「社長、沙由理ちゃんと望美ちゃんですが、連絡が取れました。二人いっしょに会場のホールへ向かっているそうです」

「あらそうなの、いっしょとは珍しいわね。まあいいわ、とにかく私も会場へ向かうから車を回しておいて」

傍らで何者かとアプリで通話していた、若い女性秘書の一人が告げる。

ここ数年で急成長した芸能事務所だが、社員のほとんどは妙齢の女性だ。

「まったく、たまの休みだからって連絡もよこさないようじゃ、アイドル失格ね」

「申し訳ありません。私からよく言い聞かせておきます」

「あなたが謝ることじゃないのよ。あの子たちの自己管理の問題なんだから」

長い睫毛を瞬かせ、恐縮する秘書を慰める表情は慈愛に満ちている。

権高(けんだか)に見える整った顔立ちだが、社員にとっては頼れる母のような存在だ。

長身で豊満なボディを包むスーツ姿は、アイドルを含めた社内全員の憧れだった。

「あの、社長」

「なにかしら、早く車を回してと言ったでしょう？」

脇で作業していたもう一人の女性秘書が、困った顔でご注進してくる。

多少機嫌が悪くとも、真梨恵はそんな表情などおくびにも出さない。

「いえ、受付にお嬢様がお見えになりました」

「杏華が？　会場へ向かっていたんじゃないの？」

「それが、社長とどうしても会いたいと、一階の受付で待っているんです」

三人組アイドルグループ、ヴィエルジュは音無プロの所属であり、稼ぎ頭でもある。

真梨恵の一人娘、杏華はそのメンバーの一人だ。

そして今日は、彼女たちのライブステージの記念すべき初日だった。

「しょうがないわね、私が出向くわ。それじゃ、あとはよろしくね」

「承知しました、お嬢様は受付脇の休憩室でお待ちしているそうです」

やれやれと嘆息しながら、あとの指図をしつつ事務所を退出し、娘の許へ向かう。

一人エレベータの中へ入れば、ふうっと肩を落とす。

「まったく、私に会いたいなんて、まだまだ子供ね。あの子には、もっと頑張ってもらわないといけないのに」

手間のかかる子と呆れつつも、穏やかで嬉しげな顔は母親のそれだ。

いくつになっても甘えん坊の娘を思えば、つい頬が緩んでしまうのは仕方がない。

「おっといけない、あの子の前でも厳しい顔は崩しちゃダメよね」

しかし、目指す階へ到着しドアが開けば、またいつもの切れ者な女社長へ戻る。

受付のある広いエントランスフロアは大勢の人が行き交い、いつもどおりの賑わいだ。

「あっ、お母様ー、こっちですー」

姿を表した母の姿を認め、美しいソプラノの声がフロア全体に響く。

妖精を思わせる澄んだ声音に、その場にいたすべての人物が振り返りそうだ。

「杏華、なにをしているの、わざわざこんなところで待たなくてもよかったのに」

休憩用ソファに腰掛け寛いでいるセーラー服姿の少女が一人、手を振っている。

麗しい亜麻色の髪と幼さを残した顔立ちは、本物の妖精かと見まごうほどだ。

真梨恵の一人娘、音無杏華は見る者すべてを魅了する、天性の資質を持っていた。

「だって事務所は忙しそうで、お母様のお邪魔をしてはいけないと思ったんです」

「忙しさの原因はあなたたちでしょう？　なにか用事があるなら秘書を通して連絡してもよかったのに」

「それはそうですけど、私、お母様の声を直に聞きたかったんです」

制服のリボンを揺らし、嬉しげに母へ駆け寄る仕草は愛くるしい小動物みたいだ。

仲よく二人並んだ姿は、親娘というより姉妹にさえ見えてしまう。

実際十五歳の大きな娘がいるとはいえ、真梨恵はまだ三十八歳の若さだった。

「杏華ったら……でも今日はステージ初日でしょう。こんなところで、のんびりしている暇はないはずよ？」

「ごめんなさい、ここのところお母様とはすれ違いだったんですもの。今日なら事務所にいるって、秘書の沢村さんに聞いたんです」

名家でもある音無家では、たとえ親子の間であっても畏まった口調は崩さない。

すらりとした八頭身のプロポーションで、行儀よくぺこりとお辞儀をする。

細く華奢でありながらよく育った肢体は、制服姿であっても隠しきれないほどだ。

「仕方ないわ、それじゃいっしょに行きましょうか。入り口に車を待たせてあるのよ」

娘に甘い言葉は掛けても、への字に結んだ険しい口元はそのままだ。

所属アイドルと社長という関係から、親子であっても厳しく接する必要があった。

「やったあ、ありがとう、お母様っ」

「もう、最初からそれが目的だったんでしょう、うふふ」

しかし喜ぶ杏華を見れば、そんな態度は吹き飛び、普通の母親へ戻ってしまう。

大人びた美少女もまた、母の優しさについ子供っぽい表情を浮かべる。

「はい、お母様の笑顔が見れて、とっても嬉しいっ」

「そんなにはしゃがないで、あなたも来年は高校生なんだから」

見目麗しい美女二人が並んで歩くさまは、さながら女神の行進だ。

現役アイドルと元アイドルの親子の組み合わせは、誰でもあっても目を見張る。

連れ立ってビルから出れば、入り口で停車していた迎えのリムジンへ乗り込む。

「でも、たしかにこのところ仕事が立て込んでいて、あなたには会えなかったわね。それは悪かったわ」

ゆったりした乗り心地の後部座席へ掛け、目指すツアー会場へ向かう。

「お母様が謝らなくても、私も歌やダンスのレッスンで忙しかったし」

車窓から流れるビル群に思わず見入るが、母として娘の近況を聞くのが先だった。

「それで、稽古のほうはどうなのかしら。先生の話だと順調らしいじゃない？」

「はい、それはもうバッチリです。お母様にもみなさんにも、ご迷惑はおかけしません」

「それは頼もしいこと。あなたは一番若いし飲み込みも早いから、沙由理や望美に追いつかないとね」

「ええ、沙由理さんも望美さんも私にとって憧れですから、早くお二人みたいになりたいです、でも……」

母に褒められ子供みたいにはしゃぐ少女は、やはり年相応の中学三年生である。

だが何事か思い当たれば、不意に笑顔に暗い影が差す。

「でも、最近沙由理さんと望美さんとは、なかなか会えなくって……」

自分のことは明るく話すが、メンバーのことになると急に沈み込む。

杏華にとって大切な仲間である沙由理と望美は、ここ数日連絡が取れなかったのだ。

不安げに口ごもる少女の心を察した真梨恵は、先程手に入れた情報を披瀝する。

「彼女たちなら大丈夫よ。もう会場のほうに着いたとメッセージがきたわ」

「本当ですかお母様っ、よかったあ。お休みを取っておじさまのペンションに行くって言ったあと、連絡が途絶えていたんです」

「えっ？　ちょっと待って杏華、おじさまって、まさか……」

娘の口から意外な人物の名が出れば、今度は真梨恵が動揺する番だった。

シートから身を起こし、いままでとは打って変わった様子で問いただす。

「まさかおじさまって、あの男、石上雅也のこと？」

「はい、沙由理さんも望美さんも、雅也おじさまのところへ行くと言っていました」

「まあ、なんでそんなこと私に黙っていたのっ？」

上ずった声を発し、急に青ざめた顔すれば、いつもの冷静な装いは影を潜める。

どうやら真梨恵にとって、雅也は特別な意味を持つ存在らしかった。

「それは、沙由理さんたちから口止めされていて。あの、いけなかったでしょうか？」

「ううっ、いけなくはないわ。でもそんな大事なこと、いくら口止めされていてもお母さんには教えてほしかったの」

「すみません。でも、雅也おじさまを呼び戻すためって言われて、私としてもそれは望んでいたことですし」

母娘にとって遠戚にあたる雅也は、一年前まで勤務していた頼れる男性だ。敏腕プロデューサーとして、デビュー間もないヴィエルジュを支えてきた。同時に父を早くに亡くした杏華には、父とも兄とも慕う人物だったのだ。

「おじさまがアイドルになりたいっていう私の夢をあと押ししてくれたんです。あの方がいらしたからいまの私があると思ったら、これ以上離れるのはつらいんです」

「杏華……」

言葉にするごとに、杏華の胸には雅也への思いが募っていた。

まだ十五歳の娘だが、雅也のことを語るときは初恋にも似た夢見がちな瞳になる。母としてその思いは理解しているが、いまはアイドルとして大事な時期なのだ。

「あなたの気持ちはわかるわ。でもいまは大事なときよ、よけいなことは忘れて目の前のことにだけ注力してほしいの」

「ええ、お母様、それはわかっています」

つい先日、ヴィエルジュは業界内でもそれなりに権威のある賞を授与された。

人気も上昇し、ネットやSNSのランキングで上位に顔を覗かせるようになった。

だからこそ、トラブルの種になりえるよけいな男を近づけるわけにはいかない。

「わかってるなら、それでいいわ。運転手さん急いでちょうだい、三分以内に会場に着くのよっ」

険しい顔をしつつ、運転手をどやしつけ会場へと急かす。

加速がかかればぐいとシートに抑えつけられ、胸の焦燥感をいっそう煽る。

「とにかく、この件については私が沙由理たちと話すわ。あなたは今日のステージのことだけを考えなさい、いいわね」

「はい、お母様」

母の狼狽える顔など、杏華は初めて目にした。

スピードの上がった車窓から見える風景は、親子の心情を表すみたいに侘しげだ。

真梨恵も杏華も得体の知れない不安を感じつつ、大事なステージに思いを馳せる。

＊

「んふっ、んむう、沙由理……」

「アンッ、優人さん、んんん……」

静まりかえった薄暗い廊下で、唇の擦れ合ういやらしい音が奏(かな)でられる。

目指すツアー会場には、ファンの熱気と恋人たちの吐息が充満していた。

「今日の君は、いつにも増して綺麗だよ。その衣装も、とてもよく似合っている」

「嬉しいです、あなたに褒めてもらえて」

控え室へ通じる廊下の片隅で愛を交わしているのは、沙由理と優人だった。

関係者以外立入禁止の厳粛なフロアのためか、二人以外に人影はない。

沙由理はステージ前ということで、淡いブルーを基調とした清楚な衣装姿だった。

「特にこの胸元にリボンなんて、君のために誂えられたみたいだ」

「ええ、形は同じだけど色は一人ずつ違うの。デザイナーさんに無理を言って変えてもらったのよ」

制服をアレンジしたドレスは、金髪ロシア娘の美貌をさらに引き立てている。

フリルやリボンの付いた甘いデザインだが、スカートの丈は見えそうなほど短い。

「ああ、早くこの衣装でステージに立つ君を見たいよ。この間は、君を放って先に休んでしまったからねえ」

「いいの、優人さんと二人で旅行できたことが嬉しいから」

「沙由理……」

淑やかな睫毛を震わせる少女と時間の経つのも忘れ、真摯に見つめ合う。

淡い照明に晒され頬が桜色に染まり、恋人たちの逢瀬も佳境に入る。

髪を撫でていた手のひらが、やがて衣装の胸元へ伸びるのに時間はかからなかった。

「あっ、優人さん」

「温泉では邪魔があったりして、ゆっくりできなかったろう。今日、ステージが終わったら君と……」

「うんん、そんなに強く揉まないで、シワになっちゃううう」

煌びやかな衣装から伝わる少女の体温は、柔らかな胸乳の感触と同じく暖かい。

本来なら咎めねばならない行為も、優人にされるのならば許してしまう。

「いいだろう、沙由理、今日こそは君と……」

いつもと同じ蕩ける甘い囁きに、つい頷いてしまいそうになる。

沙由理もそのまま情愛に流されたかったが、胸中には複雑な思いが巡っていた。

「あの、優人さん、ごめんなさい、これから打ち合わせがあるの。それに、もうすぐ舞台も始まるから」

「えっ、そうだったね、わかったよ。じゃあ僕は、客席へ戻るね」

たしかに開演時間までは、もう一時間を切っている。

複雑な表情で誘惑をはね除けた少女は、申し訳なさげに謝罪する。

優人としても拒否された以上、強く求めることはできなかった。

「それじゃあ、頑張っておくれ。観客席から僕もずっと応援しているからね」

「ええ、今日はあなたに会えて楽しかったわ。それじゃあ、また」

「ああ、終わったらまた来るよ。それまでは、しばしのお別れだ」

名残惜しげに離れ、紳士的に額にキスしたあと、ステージのあるホールへ向かう。

悲しげな瞳の沙由理は、去っていく彼氏の後ろ姿をいつまでも見送っていた。

「しばしのお別れ、か、優人さん、私もう、あなたといっしょには……」

沈痛な面持ちで呟いたかと思えば、溜息のあと、自身の控え室へと向かう。

ヴィエルジュ・緒方沙由理様と張り紙されたドアを開け、室内へ入る。

「フフフ、どうしたんだい沙由理、彼氏とはもういいのか」

「はい、優人さんには帰ってもらいました」

まばゆい照明の控え室には、無数のメイクスペースやお祝いの花束が飾られていた。

彼女専用の部屋のはずだが、室内には先客がいる。

それも一人ではなく、二人もだ。

「恋人と会っていたわりには、ずいぶん浮かない顔だ。ステージ開始前は、もう少し笑っていないとな」

「それはっ、ううっ……」

一人は偉そうにソファへ腰掛けているスーツ姿の巨漢、雅也だ。

「アンッ、ご主人様あ、もっと強くしてえ、キャアンッ」

煌びやかな室内に、少女の婀娜っぽい声がこだまする。

「こらこら、いまは沙由理と話をしてるんだぞ、少しは控えるんだ」

「あん、だってえ、これからステージなんですもの。始まったら、ご主人様にかわいがってもらえないでしょ？」

豪華な応接用ソファの上で、雅也ともう一人の人物が交わりに耽る。

いやらしく絡み合い、嬌声をあげているのは望美だった。

沙由理と同じ衣装だが胸元ははだけ、百センチのHカップも露になっている。

「しょうのない奴だ、さあ、沙由理もこっちへきたまえ、」

「……はい、雅也さん」

項垂(うなだ)れ生気を失った表情のまま、雅也のすぐ側へ座る。

ふわりとした見事な所作で座るさまは、いかにも深窓(しんそう)の令嬢といった佇まいだ。

「優人くんは、どうしたんだい。ずいぶんお楽しみだったようだが」

「聞いていたんですかっ、いえ、帰ってもらいました。こんなところを見せるわけにはいかなかったし」

「おや、それは残念だ。彼にもこのパーティに参加してもらいたかったのにねえ」

「そんなっ、お願いです、優人さんには黙っていてくださいっ、あっ」

思わず言葉を荒げようとする沙由理を無視して、ムギュリとGカップを摘まむ。

無体な行いでも、少女は悲鳴をあげることはなかった。

むしろ男のゴツい手のひらを、従順に受け入れてしまう。

「んんっ、そんなにきつく摘ままないでください」

「実にいい感触だ、俺が手塩に掛けて育てたアイドルだけはあるな」

「はい、雅也さんに教えていただいて光栄です、あっ」

沙由理がペンションを訪れて数週間、すでに雅也だけのアイドルとなっていた。

温泉で純潔を奪い、そのあとも数限りなくこの魅惑の肢体を弄んできたのだ。

肩を摑み、密着するほど抱き寄せれば、もう抵抗することはない。

「柔らかくていい匂いがする、美しい金髪に白い肌、まるで人形を抱いているようだ」

「あんっ、んんん、どうか優人さんにこのことは……」

しかし、どれだけ汚されても、彼氏のことは諦めきれないらしい。

雅也もまた、沙由理の葛藤を楽しんでいるのか、二人の逢瀬を黙認している。

「いまさらなにを言うんだい。さんざん俺に抱かれて、はしたない姿を晒してきたじゃないか」

「ああっ、それはっ、んんむううっ？」

抗弁する唇を、いきなりのキスで黙らせる。

「ぬむううう、生意気な口は、こうやって塞いでやる」

「んふっ、雅也さん、あむううう」

チュウチュウと甘い舌を吸い立てれば、沙由理もまた舌を絡めてくる。

この数日でたっぷり性技を教え込んだせいか、実に素直に従ってくれる。

「あふん、待って、もうすぐステージなんです、早く用意をしないと」

「フフ、だからこうやって感覚を高めているんだ。舞台前のセックスは、なによりの興奮剤になるぞ」

「そんなああ、あああん」

逃れようとする沙由理の意思など無視し、ボタンを外して衣装の前をはだけさせる。

たちまち、プルルンッと九十八のGカップが露になれば室内も華やぐ。

「お前の身体は本当に美しい。あの優人とかいう小僧にくれやるには惜しいんだ」

「ううっ、見ないでください、こんなところでなんてえ」

男の視線に悶える乳首は、すでに興奮からかぷっくりと浮かび上がっている。

ピンクの乳暈(にゅううん)は早く吸ってと言わんばかりに、色づいていた。

「お前のすべてが俺の物だ、誰にも渡すものか、あむううっ」

「ひゃああんっ、おっぱいを、お口で吸われてますうううっ」

敏感な乳首を生暖かい口腔に包まれ、華奢な背筋をビクンとしならせる。

もう何度も吸われてきたのに、いまだに初体験のときと同じ反応をしてくれる。

「んむううう、乳首がしこってきたぞ、俺に吸われて感じているな?」

「はい、雅也さんにチュウチュウされて気持ちいいですううう」

全身を貫く性感に艶声をあげ、いつしか恋人の面影も霞んでいた。

開演前の控え室でアイドルと元プロデューサーは、ソファに掛けつつ愛欲を貪る。

「もうっ、ご主人様ったらあ、沙由理ばっかりかまってないで、私も見てよねえ」

だが、そんな二人の絡み合いを、傍らで見ていた望美が文句をつける。

頬を膨らませ、麗しい鳶色の髪を翻し、いかにも不満げな表情だ。

さっきまでは自分が愛してもらっていたのだから、当然の抗議ではあった。

「おっと、悪い悪い。いや、望美も忘れたわけじゃないぞ？」

「もうっ、どうかしら、どうせ沙由理のほうが綺麗だからって夢中になってたんでしょ、キャンッ」

子供みたいに拗ねる少女に邪な情欲が疼き、はだけた胸元に腕を差し入れる。

遠慮もなしにHカップを摑めば、嬉しげに鳴いてくれる。

「お前たち二人は俺の大事なアイドルだからな。これからも、ずっとかわいがってやる」

「キャッ、頼もしいのね、ご主人様ったらあ」

雅也に玩具にされながら、望美は小悪魔めいた笑みを浮かべる。

彼女もまた地下室で凌辱されたあと、さんざ弄ばれ、逞しい逸物に蹂躙されてきた。

いまでは雅也をご主人様と呼び、沙由理以上に従順な牝奴隷となっていた。

魅惑の衣装姿なアイドルを両脇に侍らせるなど、男としてこれ以上の喜びはない。

101-8405

書籍のご注文は84円
アンケートのみは63円
切手を貼ってください

東京都千代田区神田三崎町2-18-11

二見書房・M&M係 行

ご住所 〒

TEL - - Eメール

フリガナ

お名前

（年令 才）

※誤送を防止するためアパート・マンション名は詳しくご記入ください。

22.4

愛読者アンケート

1 お買い上げタイトル（　　　　　　　　　　　　　　　　　　）

2 お買い求めの動機は？（複数回答可）
□ この著者のファンだった　□ 内容が面白そうだった
□ タイトルがよかった　□ 装丁（イラスト）がよかった
□ あらすじに惹かれた　□ 引用文・キャッチコピーを読んで
□ 知人にすすめられた
□ 広告を見た　（新聞、雑誌名：　　　　　　　　　　）
□ 紹介記事を見た（新聞、雑誌名：　　　　　　　　　）
□ 書店の店頭で　（書店名：　　　　　　　　　　　　）

3 ご職業
□ 学生 □ 会社員 □ 公務員 □ 農林漁業 □ 医師 □ 教員
□ 工員・店員 □ 主婦 □ 無職 □ フリーター □ 自由業
□ その他（　　　　　　　　　　　　　　）

4 この本に対する評価は？
内容：□ 満足 □ やや満足 □ 普通 □ やや不満 □ 不満
定価：□ 満足 □ やや満足 □ 普通 □ やや不満 □ 不満
装丁：□ 満足 □ やや満足 □ 普通 □ やや不満 □ 不満

5 どんなジャンルの小説が読みたいですか？（複数回答可）
□ ロリータ　□ 美少女　□ アイドル　□ 女子高生　□ 女教師
□ 看護婦　□ ＯＬ　□ 人妻　□ 熟女　□ 近親相姦　□ 痴漢
□ レイプ　□ レズ　□ サド・マゾ（ミストレス）□ 調教
□ フェチ　□ スカトロ　□ その他（　　　　　　　）

6 好きな作家は？（複数回答・他社作家回答可）
（　　　　　　　　　　　　　　　　　　　　　　　　　　）

7 マドンナメイト文庫、本書の著者、当社に対するご意見、
ご感想、メッセージなどをお書きください。

ご協力ありがとうございました

↓ この線で切

●ハーレム・ハウス 熟女家政婦と美少女と僕[20121 719円]
●【連鎖相姦】義母+姉 淫欲のハーレム[20036 719円]
●熟母と隣の未亡人 二人のママと……[19109 694円]
●幼馴染みと純真少女 エッチなおねだり[18157 722円]
●ハーレム下宿 美熟女と美少女と僕[18017 713円]

【鮎川りょう】(あゆかわ・りょう)
●田舎の未亡人教師 魅惑の個人レッスン[21126 720円]

【石神 珈琲】(いしがみ・こーひー)
●幼馴染に無理やり女装させられたら覚醒しちゃったんですけど[21086 720円]

【イズミ エゴタ】
●人妻同級生 憧れの誘惑体験[18124 722円]
●ハーレム不動産 美人女子社員だらけの営業所[17184 713円]
●ハーレム学園吹奏楽部 美人姉妹の禁断レッスン[17102 713円]
●清純女子テニス部 男子マネージャーの誘惑ハーレム[16121 686円]

【伊吹 泰郎】(いぶき・やすろう)
●快楽温泉 秘蜜のふたり旅[22004 720円]
●流転処女 時を超えた初体験[21105 720円]
●クソ生意気な妹がじつは超純情で[21019 720円]
●剣道部の先輩女子 放課後のふたり稽古[20138 719円]

【上田 ながの】(うえだ・ながの)
●巨乳女探偵物語 孤島の秘祭[21144 720円]

【羽後 旭】(うご・あきら)
●推しの人気声優 深夜のマル秘営業[22038 720円]
●姉と幼馴染み 甘く危険な三角関係[21070 720円]

【浦路 直彦】(うらじ・なおひこ)
●おねだりブルマ 美少女ハーレム撮影会[22039 720円]
●【僕専用】義母と叔母のW相姦ハーレム[20194 720円]
●美少女たちのエッチな好奇心 大人のカラダいじり[20052 705円]

●上流淑女 淫虐のマゾ堕ち調教[21142 720円]
●奴隷花嫁 座敷牢の終身調教[20175 819円]
●秘儀調教 生け贄の見習い巫女[20050 719円]

【桜井 真琴】(さくらい・まこと)
●内閣〈色仕掛け(ハニートラップ)〉担当局[21155 740円]
●灰色の病棟[21061 720円]
●女性社長 出資の代償[21013 740円]
●七人の人妻捜査官[20115 719円]
●人妻 夜の顔[20063 719円]
●下町バイブ[19029 722円]
●人妻 交換いたします[18118 722円]
●彼女の母と…[18043 722円]
●人妻たちに、お仕置きを[17145 694円]

【沢渡 豪】(さわたり・ごう)
●清楚アイドル蟻地獄[18001 694円]

【鈴川 廉平】(すずかわ・れんぺい)
●孕ませ性活 熟乳ママと悪魔のような少年[21021 720円]
●美母と二人の若叔母を寝取られた僕[19127 694円]
●寝取られ義母 禁断の三角関係[18031 686円]

【星凛大翔】(せいりん・やまと)
●訪問調教 奥さんと娘姉妹を犯します[22003 720円]
●喪服の三姉妹 孕ませ絶頂儀式[21069 720円]

【高村 マルス】(たかむら・まるす)
●美少女粘膜開発[21201 720円]
●美少女コレクター 狙われた幼乳[21087 720円]
●狙われた幼蕾 背徳の処女淫姦[20085 705円]
●幼肉審査 美少女の桃尻[19201 694円]
●美少女ジュニアアイドル 屈辱の粘膜いじり[17116 686円]

●妻の娘 獣に堕ちた美少女[20002 705円]
●鬼畜転生 愛娘の秘密[19071 694円]

【成海 光陽】(なるみ・こうよう)
●放課後奴隷市場 略奪された処女妹[20069 705円]
●美少女略奪 放課後奴隷倶楽部[19051 694円]

【葉月 奏太】(はづき・そうた)
●誘惑は土曜日の朝に[21194 720円]
●隣室は逢い引き部屋[21121 720円]
●親友の妻は初恋相手[21014 740円]
●私の彼は左向き[20165 719円]
●人妻のボタンを外すとき[20095 719円]
●淫ら奥様 秘密の依頼[20029 694円]
●夢か現か人妻か[19193 694円]
●もうひとりの妻[19119 694円]
●いきなり未亡人[19009 722円]
●人妻 やりたいノート[18135 722円]
●奥さん、入りますけど。[17197 740円]
●奥さん、透けてますけど。[17113 722円]

【葉原 鉄】(はばら・てつ)
●生意気メスガキに下克上![22023 720円]

【羽村 優希】(はむら・ゆき)
●氷上の天使 悦虐の美姉妹強制合宿[21124 720円]
●【完堕ち】アイドル養成学校処女科[20104 705円]
●美少女の生下着 バドミントン部の天使[19182 694円]
●鬼畜教室 狙われた清純少女と女教師[18107 722円]

【藤 隆生】(ふじ・りゅうせい)
●M女子学院ゴルフ部巨乳特待生 闇の絶頂レッスン[21106 730円]
●人妻巨乳バレーボーラー 寝取られM化計画[20034 719円]

→ この線で切り取ってください

↑ この線で切

ってください

● 女子アナ候補生 鬼畜サークルのマゾ開発[18106 694円]
● 巨乳秘書 鬼畜の洗脳研修[16174 686円]

【深草 潤一】(ふかくさ・じゅんいち)
● 嫁の姉 誘惑の夜[18186 694円]
● 淫ら義母 乱れる[18101 694円]
● 隣りの人妻 誘惑の夜[17178 694円]
● 清楚妻 ほんとは好き[17063 694円]

【星 悠輝】(ほし・ゆうき)
● 折檻義母とご褒美ママ[19183 694円]

【星名 ヒカリ】(ほしな・ひかり)
● 保健の先生がこんなにエッチでいいの?[21182 720円]
● 美叔母と少年 夏の極上初体験[20155 705円]

【真崎 好摩】(まさき・こうま)
● 僕が寝取った人妻奴隷[19037 694円]

【真島 雄二】(ましま・ゆうじ)
● 美人講師と有閑妻 オモチャになった僕[20020 705円]
● 三人の美人妻 弄ばれた童貞ペット[18048 686円]
● 美人司書と女教師と人妻[16193 686円]

【美里 ユウキ】(みさと・ゆうき)
● 美少女ももいろ遊戯 闇の処女膜オークション[20196 740円]
● 女子校生刑事潜入! 学園の秘密調教部屋[20070 719円]
● 女教師蟻地獄 恥辱の性処理担任[19128 694円]
● ねらわれた女学園 地獄の生贄処女[18193 722円]

【観月 淳一郎】(みづき・じゅんいちろう)
● 美姉妹教師と僕 放課後はハーレム[19166 694円]
● 人妻シェアハウスは僕のハーレム[17049 686円]

【深山 幽谷】(みやま・ゆうこく)
● 母娘奴隷 魔のダブル肛虐調教[21071 773円]
● 名門女子校生メイド お仕置き館の淫らな奉仕[20120 719円]

【吉野 純雄】(よしの・すみお)
● 黒髪の媚少女[21181 720円]

【綿引 海】(わたびき・うみ)
● なまいきプリンセス 姪っ子とのトキメキ同居生活[21107 720円]
● 美少女島 聖なる姉妹幼姦[20173 728円]
● いじめっ娘ペット化計画[20051 719円]
● はいから姉妹 地下の拷問部屋[19148 694円]

【素人投稿編集部】
● 禁断告白スペシャル 熟年相姦体験[22040 720円]
● 素人告白スペシャル 冬のほっこり熟女体験[22006 720円]
● 禁断告白スペシャル 感動! 秋の熟女体験[21184 720円]
● 禁断告白スペシャル 旅先での熟女体験[21163 720円]
● 禁断告白スペシャル 田舎の熟年相姦—背徳の悦び[21145 720円]
● 素人告白スペシャル 年の差不倫—背徳の肉悦[21127 720円]
● 熟年白書 甦る性春[21108 720円]
● 人妻白書 寝取られ懺悔録[21088 720円]
● 衝撃相姦告白 母との肉悦に溺れた夜[21072 720円]
● 熟年白書 忘れられない春の熟女体験[21053 720円]
● 素人告白スペシャル 未亡人とシングルマザーの下半身事情[21022 720円]
● 素人告白スペシャル 相姦不倫—背徳の肉悦[21038 720円]
● 素人告白スペシャル 熟女旅[21005 720円]
● 熟年白書 衝撃の回春体験[20197 720円]
● 激ナマ告白 田舎の人妻たち[20176 728円]
● 禁断告白スペシャル 年上の女(ひと)[20157 719円]
● 素人告白スペシャル [昭和—平成]想い出の相姦[20141 705円]
● 素人告白スペシャル 隣の人妻—夜の淫らな痴態[20123 705円]
● 素人投稿スペシャル 禁断の熟妻懺悔録[20106 705円]
● 素人告白スペシャル 働く人妻 夜の出勤簿[20087 705円]
● 熟年相姦 忘れえぬ母の柔肉[20071 705円]
● 女教師 禁断【タブー】体験告白[16059 648円]
● 熟妻告白 おいしい不倫[18018 686円]
● 人妻告白スペシャル 人に言えない淫らな体験[17185 686円]

【性実話研究会】
● 禁断レポート 感じすぎてしまうオンナたち[18177 694円]
● 素人告白スペシャル 熟年世代の回春体験[18141 694円]
● 熟年相姦 濡れた母の柔肌[18125 694円]
● 禁断白書 ハラスメントな奥様たち[18108 694円]
● 禁断レポート 痴女妻[18065 686円]
● 禁断告白 奪われた母の操[18035 686円]
● 相姦白書スペシャル 禁忌に溺れる女たち[18003 713円]
● 告白解禁 昭和の淫ら妻の回顧録[17169 686円]
● 禁断白書 相姦体験の誘惑[17135 686円]
● 告白解禁 熟れごろ奥様のふしだら体験[17104 686円]
● 特濃体験告白 年上妻の淫らなひみつ[17069 686円]
● 人妻告白スペシャル はじめての淫ら体験[17033 686円]
● 禁断告白スペシャル 四十路妻の淫ら体験[17001 686円]
● 禁断ナマ告白 超熟妻たちの性の実態[16176 686円]
● 人妻禁断告白 日本の淫らな風習[16140 686円]
● 相姦白書スペシャル 母と淫らな思い出[16108 648円]
● 禁断の性告白 貞淑妻のゲス不倫体験[16075 648円]
● 相姦告白集 熟女との禁断の交わり[16040 648円]

【夕刊フジ】
● 私の性体験投稿 淫らな素顔[21203 720円]

← この線で切り取ってください

ってください

↓ この線で切

●熟女連姦ツアー 魔の奴隷調教[19202 740円]
●奴隷夫人 悦虐の魔境[18123 740円]
●少女矯正学院破魔島分校 双子美少女の奴隷地獄[17103 740円]

【睦月 影郎】(むつき・かげろう)
●白衣乱れて 深夜の研究センター[22015 720円]
●双子姉妹 尼僧とシスター[21136 720円]
●みだら終活日記[21029 720円]
●僕が初めてモテた夜[20166 705円]
●深夜の回春部屋[20131 750円]
●母と娘と寝室で[20114 705円]
●伯母の布団[20064 705円]
●夜の卒業式[20046 705円]
●僕と先生 教えてください[20013 694円]
●お嬢さまの、脚は夜ひらく[19211 694円]
●人気女優の秘密[19120 694円]
●月影亭擦淫事件[19097 694円]
●美人教師の欲望[19030 694円]
●人妻淫スクール[18208 694円]

【諸積 直人】(もろづみ・なおと)
●青い瞳の美少女 禁断の逆転服従人生[21052 720円]
●双子の小さな女王様 禁断のプチSM遊戯[20068 705円]
●隣のおませな少女 ひと夏の冒険[19087 694円]
●禁じられた教育実習 清楚な美少女たちと…[18034 686円]
●兄と妹 禁断のナマ下着[17032 686円]

【柚木 郁人】(ゆずき・いくと)
●美少女変態怪事件[21160 740円]
●奴隷帝国ニッポン 牝奴隷調教機関[20035 719円]
●牝奴隷と牝化奴隷 幼い許嫁の完全調教[18156 694円]
●愛娘譲渡 悪魔の相姦調教[17153 694円]

●素人告白スペシャル 熟妻の不倫懺悔録[20053 705円]
●禁断白書 わたしの衝撃的な初体験[20037 705円]
●激ナマ告白 ヤリたがりの人妻たち[20021 694円]
●禁断の相姦白書 快楽に溺れた淫乱熟女たち[20004 694円]
●禁断レポート イキまくる熟女たち[19203 694円]
●熟年白書 蘇った性春[19184 694円]
●素人告白スペシャル ナイショのお泊まり奥様[19168 694円]
●禁断白書 わたしの衝撃初体験[19149 694円]
●相姦体験告白 禁断のぬかるみにハマった母たち[19129 694円]
●素人告白スペシャル 背徳の人妻懺悔録[19110 694円]
●激ナマ告白 隣の奥様の秘密[19088 694円]
●禁断の相姦白書 禁忌を犯した熟女たち[19072 694円]
●熟年白書 人妻のぬくもり[19053 694円]
●素人告白スペシャル 食べごろ奥様の性生活[19039 694円]
●熟女告白 誰にも言えない痴態[19018 694円]
●相姦体験告白 故郷の性生活[19003 694円]
●人妻白書 禁断の昭和回顧録[18194 694円]
●熟女告白 私が人妻にハマった理由[18158 694円]
●熟女告白 不適切な関係[18085 686円]
●人妻告白スペシャル 初めての衝撃体験[18050 686円]
●激ナマ告白 貞淑妻の淫らな好奇心[17154 686円]
●激ナマ告白 貞淑妻の不適切な交際[17118 686円]
●素人告白スペシャル 禁断の人妻懺悔録[17086 686円]
●相姦告白 田舎のどスケベ熟女[17050 686円]
●激ナマ告白 隣のいやらしい人妻たち[17017 686円]
●相姦白書 禁断の昭和回想録[16195 686円]
●性体験告白 独り身熟女たちの性事情[16157 686円]
●濃厚熟女体験 あの夏の禁断の夜[16123 648円]
●豊満超熟白書[16092 648円]

↑ この線で

↑ のりしろ ↓

全国各地の書店にて販売しておりますが、品切れの際はこの封筒をご利用ください。

安心の直送(冊子 小包 ほか)が便利です!

●お求めのタイトルを○で囲んでお送りください。代金は商品発送時に請求書を同封いたしますので、専用の振込み用紙にて商品到着後、一週間以内にお支払いください。なお、送料は1冊215円、2冊310円、4冊まで360円。5冊以上は送料・無料サービスいたします。尚、離島・一部地域は追加送料がかかる場合がございます。

＊この中に現金は同封しないでください

●当社規定により先払いとなる場合がございます。

●お買いあげになった商品のアンケートだけでもけっこうですので、切り離してお送りいただければ幸いです。ぜひとも御協力をお願いいたします。

●商品の特性上、不良品以外の返品・交換には応じかねます。ご了承ください。

●当社では、個人情報の紛失、破壊、改ざん、漏洩の防止のため、細心の注意を払っており、個人情報は外部からアクセスできないよう適切に保管しています。

＊書名に○印をつけてご注文ください。
表示価格は本体(税別)です。

↓ のりしろ

ってください

⇐ 書籍をご注文の場合は84円切手。アンケートのみの場合は、63円切手を貼り、裏面のキリトリ線で切断して投函してください。

今月

サンケイスポーツ文化報道部 編
私の性体験手記　教え子の匂い[22055]（発売4／8）
第22回サンスポ・性ノンフィクション大賞の手記から、生々しい性体験12篇を厳選収録！……720円

葉月奏太（はづき・そうた）
僕の上司は人妻係長[22063]（発売4／25）
その指輪を拾った日から美人上司と急接近することに──。……720円

＊こちらの新刊のご注文は発売日後にお願いいたします。

●緒奈もえ　●久留木玲
●みおり舞　●葵　いぶき
■桐谷まつり　●渚　このみ
■架乃ゆら　■東條なつ
【セクシャルヌード・ポーズBOOK】シリーズ
■篠田あゆみ　■大槻ひびき　■羽月　希　●深田ナナ

【哀澤 渚】（あいざわ・なぎさ）
●いいなり姉妹 ヒミツの同居性活[22022 720円]
●おねだり居候日記 僕と義妹と美少女と[20195 720円]
【蒼井 凜花】（あおい・りんか）
●欲情のリモート会議[21212 720円]
●OLたちの上司改造計画[21046 820円]
●奥さまたちの誘惑ゲーム[20186 705円]
●人妻合コン 不倫の夜[20132 705円]
●ハメるセールスマン[20047 719円]
●夜の実践！モテ講座[19158 694円]
●奥さま限定クリーニング[19049 722円]
●人妻エアライン[18134 722円]
●濡れ蜜アフター[17078 694円]
●誘惑最終便[16118 657円]
●ときめきフライト[16053 686円]
【朝霧 夢幻】（あさぎり・むげん）
●奪われた愛妻[19052 694円]
【浅見 馨】（あさみ・かおる）
●巨乳の姉と[19159 694円]
●放課後レッスン[19079 694円]
●白衣の叔母 淫ら巡回[19050 722円]
【あすな ゆう】
●僕専用レンタル義母 甘美なキャンパスライフ[21037 720円]
●[熟義母×若叔母]僕のリゾートハーレム[20154 728円]
●巨乳母と艶尻母 ママたちのご奉仕合戦[20019 694円]
【雨宮 慶】（あまみや・けい）
●ガーターベルトをつけた美人官僚[21174 720円]
●人妻 淫萌え【みだらもえ】[21028 740円]
●他人妻【ひとづま】[20185 719円]
●好色な愛人[20080 705円]
●人妻 背徳のシャワー[20014 705円]
【天羽 漣】（あもう・れん）
●ヨガり妻[19038 694円]
【新井 芳野】（あらい・よしの）
●生贄四姉妹 パパになって孕ませてください[21125 720円]
●隣のお姉さんはエッチな家庭教師[21002 720円]
【阿里佐 薫】（ありさ・かおる）
●母乳しぼり わいせつミルクママ[22005 720円]
【綾野 馨】（あやの・かおる）
●アイドル姉と女優姉 いきなり秘蜜生活[21161 740円]
●両隣の人妻 母乳若妻と爆乳熟妻の完全奉仕[21050 720円]

●妻、処女になる タイムスリップ・ハーレム[19147 694円]
●小悪魔少女とボクッ娘 おませな好奇心[18175 722円]
●無邪気なカラダ 養女と僕の秘密の生活[17084 686円]
【鬼塚 龍騎】（おにづか・りゅうき）
●新任女教師と音楽女教師 性獣学園の奴隷たち[19002 694円]
●性獣女学院 Sランク美少女の調教授業[17168 686円]
【北原 童夢】（きたはら・どうむ）
●倒錯の淫夢 あるいは黒い誘惑[21036 800円]
●隻脚の天使 あるいは異形の美[20140 900円]
【桐島 寿人】（きりしま・ひさと）
●ときめきエロ催眠 ぼくのスクールカースト攻略法[21020 720円]
●三年C組 今からキミたちは僕の性奴隷です[20086 719円]
●戦隊ヒロイン大ピンチ 聖なる調教の罠[19086 694円]
【霧野 なぐも】（きりの・なぐも）
●嬲りごっこ 闇のいじめっ娘クラブ[21143 720円]
●幼馴染みの美少女と身体が入れ替わったから浮気エッチしてみた[21035 740円]
●未亡人とその娘 孕ませダブル調教[20084 705円]
【霧原 一輝】（きりはら・かずき）
●一周忌の夜に 和菓子屋の未亡人[22048 720円]
●義父の後妻[21096 720円]
●向かいの未亡人[20205 705円]
●ネトラレ妻 夫の前で[20148 705円]
●回春の桃色下着[20096 719円]
●人妻女教師 誘惑温泉[19212 694円]
●家政婦さん、いらっしゃい[19177 694円]
●愛と欲望の深夜バス[19098 694円]
●人妻 濡れつづけた一週間[18207 694円]
●人妻は昼顔夫人[18151 722円]
●義母にはまって…[18061 694円]
●嫁の黒下着[18012 694円]
【露峰 翠】（きりみね・みどり）
●ときめき文化祭 ガチでヤリまくりの学園性活[21162 720円]
【楠 織】（くすのき・しき）
●少女のめばえ 禁断の幼蕾[21202 720円]
【小金井 響】（こがねい・ひびき）
●女体化変態絶頂 闇のイキ果てアイドル[22037 720円]
●魔改造 淫虐の牝化調教計画[20139 705円]
●悪魔の治療室 禁断の女体化プログラム[19017 694円]
●奴隷契約 恥辱の女体化ペット[17134 686円]
●名門お嬢様学園 鬼畜生徒会の女体化調教[16107 648円]
【佐伯 香也子】（さえき・かやこ）

【竹内 けん】（たけうち・けん）
●ふたりの同級生と隣のお姉さんが奴隷になった冬休み[21200 720円]
●ナマイキ巨乳優等生 放課後は僕専用肉玩具[21085 720円]
●超一流のSEX 僕の華麗なセレブ遍歴[21003 720円]
●浴衣ハーレム 幼なじみとその美姉[20103 705円]
●修学旅行はハーレム 処女踊り食いの6日間[20003 705円]
●女教師釣り 放課後の淫蕩ハーレム[19108 694円]
●僕とお姉さまたちのハーレム卒業旅行[18176 722円]
【橘 真児】（たちばな・しんじ）
●ウチでハメよう[22033 720円]
●奥まで撮らせて[21081 740円]
●熟女ワイン酒場[20204 705円]
●捨てる人妻、拾う人妻[20149 719円]
●人妻食堂 おかわりどうぞ[20081 719円]
●人妻の筆下ろし教室[20030 705円]
●あの日抱いた人妻の名前を僕達はまだ…[19194 694円]
●人妻たちと教師[19138 694円]
●女生徒たちと先生と[19065 722円]
●隣のお姉さんと[19008 694円]
●人妻と官能小説家と…[18167 722円]
【館 淳一】（たて・じゅんいち）
●叔母の要求[21045 720円]
●人妻と妹と[19123 694円]
●美人社長の肉体調査[19080 694円]
●先生の淫笑[18168 722円]
●女神のストッキング[18077 800円]
●清純派アイドル 夜の素顔[18013 694円]
【辻堂 めぐる】（つじどう・めぐる）
●処女の秘蜜 僕のモテ期襲来！[20174 728円]
●転生美少女 美術室の秘密[19167 694円]
●処女の甘い匂い 僕のハーレム黄金時代[18049 686円]
【津村 しおり】（つむら・しおり）
●青春R18きっぷ 大人の冬休み 女体めぐりの旅[22021 740円]
●[青春R18きっぷ]夜行列車女体めぐりの旅[21051 740円]
●青春R18きっぷ みちのく女体めぐりの旅[20156 728円]
【露峰 翠】（つゆみね・みどり）
●ときめき修学旅行 ヤリまくりの三泊四日[20122 705円]
【殿井 穂太】（とのい・ほのた）
●少女中毒【父×娘】禁断の姦係[21183 720円]
●痴女の楽園 美少女と美熟母と僕[21004 740円]
●教え子 甘美な地獄[20105 719円]

ってください

↑ のりしろ

「望美ちゃんたら、以前はあんなに雅也さんを嫌ってたのに、そんなに懐くなんて」

「あら、私が好きなのはお金持ちとエッチが上手な男よ？　ご主人様のおち×ぽがすごいなんて初めて知ったの、うふっ」

雅也の首に抱きつきながら、猫みたいにじゃれつく。

地下室での凄惨（せいさん）な凌辱ショーですら、望美にとっては喜びに変わっているらしい。

「それよりも沙由理ったら、まだ彼氏と付き合ってたのね。二股かけるなんて、私よりも大胆じゃない？」

「ううっ、それは……」

胸元の赤いリボンを靡（なび）かせ、意地悪そうな顔つきで沙由理の不実を責める。

「まあ、でも気持ちはわかるわ。ご主人様に抱かれながら彼氏のこと思うと、いつも以上に燃えちゃうのよねえ」

「そんなことっ、私は優人さんとはまだそんな関係じゃっ」

あまりに淫奔ではしたない言動に、さすがに眉を顰める。

しかし雅也に抱かれるとき、常に優人の名を叫び、絶頂を極めさせられている。

その事実を前にしては、どんな弁明も無意味だった。

「こらこら、ケンカをするんじゃない。二人をここに集めたのは、仲直りしてほしかったからだぞ？」

「ええ、どういうこと？　ご主人様ぁ」

「仲直りって、私と望美ちゃんがですか？」

疑問を口にする二人だが、その仕草もいちいち色っぽい。

きょとんとする少女たちに、雅也は自分が今日ここに来た訳を話す。

「俺がいた頃から、お前たちはろくに口も利かなかったからな。いつかは仲を取り持ってやろうと考えていたんだ」

「うそー？　だったら最初から言ってくれればよかったのにぃ」

「雅也さん、やっぱりずっと私たちのことを考えていらしたんですねえ」

清楚な沙由理と淫奔な望美では、嗜好（しこう）も性格もまるで違っている。

同じグループでも、二人が対立しないよう雅也は対応に苦慮していたのだ。

「二人の仲が悪いと、いろいろ計画が狂うからな。まあ、この控え室に入れたのも、昔の顔なじみのおかげだが」

「うふふ、計画ってあれでしょう？　あの女社長に一泡吹かせるためでしょう？」

「最初、雅也さんから聞かされたときは私も驚きました。あんな田舎に飛ばされたのは、社長のせいだって聞きましたから」

すでに二人には、自分の目的も明かしていた。

真梨恵に追放された事実を話し、その復讐に協力させる了解も得ていた。

「面白そうな計画よねえ。私も前から、あの女社長は気に入らなかったの」

「まあ、望美ちゃんたら。でも私も、お話を聞いたら雅也さんがかわいそうになってきたんです」

「ふんだ、沙由理だってもう共犯者なのよ？　社長の鼻を明かすのに協力しなさいよね」

どうやら沙由理も望美も、前々から真梨恵に対して不満を抱いていたらしい。

団結を高めるのは共通の敵を作ること、といわんばかりに意気投合していた。

「そういうことだ。俺がプロデューサーに返り咲けば、もっとお前たちを売り出してやる。世界一のアイドルにしてやるぞっ」

「あら、嬉しい。でもねえ、いまはそんなことより、もっと楽しみましょ？」

熱弁する雅也と違い、物ほしげな瞳の少女は、スーツの股間に目が向いている。

「ん？　おいおい、望美はせっかちだなあ」

軽く舌舐めずりをしたあと、しなやかな指が牡の象徴へ伸びる。

そこはもうはち切れんばかりに膨れ、ズボンを突き破りそうな勢いだった。

「ご主人様だって、今日はいっぱい私たちをかわいがるために来たんでしょう?」

「まあ、それはそうだが、ぬっ、俺の許可もなくズボンを脱がすんじゃないっ」

「くすっ、我慢しないでえ、私たちがたっぷりご奉仕して、あ・げ・る」

そう言いつつ、ベルトを緩め、ズボンのファスナーを下ろす。

慣れた手つきは、とても十七歳の女子高生とは思えない。

たちまち拘束を解かれ、ブルンッと迫り出す肉茎は、周囲のすべてを圧倒していた。

「やあんっ、雅也さんたら、もうこんなに、ガチガチのおっきなおち×ぽお」

「ああ、すっごおおいっ、温泉のときより大きいかも」

二十センチは優に超える極太の肉棒に、少女たちはただ嘆息する。

乙女みたいに口に手を当て、赤く染まった頬も熱を帯びる。

「はあ、信じらんないわ、こんな素敵なおち×ぽの持ち主が、すぐ側にいたなんてえ」

「黒くて硬くてビクビクして、優人さんよりも大っきい……」

規格外の男根を見て目を丸くする少女たちに、牡としての優越感も満たされる。

「当然だ、俺のち×ぽは、そこいらの男のものとは違うからな。まあ、お前たちもそれはよく知っているだろうが」

支配者のように嘯く雅也に、二人ともコクリと素直に頷く。

何度もこの逸物に貫かれ、絶頂を味わわされてきたのだから、当然の反応だ。

「それじゃあ、私からしてあげるね、あんっ、すごく熱いい」

「ずるいです、望美ちゃん、私もご奉仕したいのにいい」

剛直に魅入られた二人の美少女は競って跪き、顔を近づける。

「はああ、近づくだけで熱いのお、ほっぺが火傷しちゃううう」

「こんなすごいおち×ぽに、私ったら毎日ズンズンされてたんですねえ」

瞳は潤み、恍惚とした顔で、そそり立つ肉勃起を崇めている。

一刻も早く、この長大なシンボルで貫いてほしげに発情していた。

「それじゃあ、お口で慰めてあげるね、んちゅうう」

「ぬうっ、望美っ、いきなりかっ、しかし、さすがにうまいなっ」

「んふふ、わたしのフェラテクはみんなから褒められてるんだからあ、ご主人様も喜んでくださいね」

蠱惑的な笑みを浮かべ、褐色少女の舌が、いきり立つ怒張に絡まる。

ねっとりした粘膜が先端を舐め、シュコシュコといやらしく変形する。

「ああん、望美ちゃんたらずるいっ、私も、ふみゅううう」

「おおっ、沙由理もかっ、偉いぞ、教えたとおりにやれてるなっ」

「はむうう、私だって、このおち×ぽが大好きなんですうう、むちゅううう」

望美に負けじと沙由理も加わるが、経験の浅さから、口舌の動きはぎこちない。

しかし、その初心なところが、男の劣情を最大限に刺激する。

「んふ、むちゅううう、ホントに逞しいです、雅也さんのおち×ちん」

「あの貧弱な小僧よりもだろう？　お前は清楚に見えるが、実はち×ぽが大好きな変態だからなあ」

「変態だなんて、んんん、でも優人さんよりも太くて長いのおお」

恋人を愛しいと思っても、もうこの屹立（きつりつ）する男根の魅力には逆らえない。

可憐な金髪ロシア美少女も、いまや男に隷属する肉人形と化していた。

「だから変態だというんだっ、恋人のことを考えながら、俺のち×ぽをしゃぶってるんだからなっ」

「んふうううっ、もっと強くしてぇえ、おち×ぽ大好きいいいい」

つい乱暴に頭を抑えつけ、お口の中へ淫棒を突っ込む。

グリグリと腰を動かして、抉るように聖少女の口唇を犯す。

「もう、ご主人様ったら、沙由理にばっかり夢中になってぇ、そんなに沙由理が好きなのかしら」

置いてけぼりにされた望美は、少し不満げだ。

やはり処女だった沙由理とは扱いが違うのは、男である以上仕方なかった。

「うん？　いや、望美のフェラテクもいいぞ。さすが十五のときから男のち×ぽを咥えてきただけはあるな」

「もー、なにその言い方あ、私こう見えて、彼氏には尽くすタイプなんだからあ」

たしかに芳樹と別れたあと、望美は他の男の影もなく、一途に雅也に従っていた。性に奔放だが、意外と男にのめり込みやすい性格かもしれない。

「悪かったよ。じゃあ俺のち×ぽに、もうご奉仕はしてくれないのかな？」

「そんなこと言ってないもん。でも私と沙由理を両方愛する以上は、贔屓はしないでほしいなあ、きゃあんっ」

かわいらしくおねだりする望美の頭を抑えつけ、逸物へキスさせる。

「注文つけなくても、たっぷり愛してやる。お前はもう俺だけのアイドルなんだからな」

「はい、ご主人様あ、ずっと私たちを愛してくださいね、んむううう」

やはり乱暴にされたほうが感じるのか、少女の顔は嬉しげだ。

「むふっ、なんて逞しいのお、このおち×ぽ、虜になっちゃいそうう」

「んっ、んっ、雅也さんのおち×ちんをチュッチュすると、私たちの身体も熱くなっちゃいそうですう」

「そうだっ、もっと俺のち×ぽをしゃぶるんだっ」

ステージ直前の楽屋内では、濃密でいやらしい香りが充満していた。

誰もが憧れるアイドル、ヴィエルジュが、争って男の肉棒を咥え込んでいるのだ。

見るも派手やかな衣装姿の二人が、おっぱいも露にフェラチオに夢中だった。

「あふう、んちゅっ、ご主人様のおち×ぽ、また大っきくなってますう」

「うんん、こんなに硬くて太いおち×ちん、信じられませんん」

ちゅるちゅると二枚の下が剛直に絡むたび、見事な金色と鳶色の髪も輝く。

可憐なフリルやリボンも、興奮を煽り立てる。

「ううっ、うまいぞ二人ともっ、俺のち×ぽも喜んでるっ」

「褒めていただいて嬉しいです、もっと一生懸命しますからあ」

「ああん、それはだって、ご主人様のおち×ぽが立派すぎるからよお」

甘ったるい声が響き、淫らな雰囲気が漂えば、牡のシンボルも一層漲る。

ぬめる少女たちの舌がカリ首や裏筋を責め立て、射精への階段を駆け上がる。

「いいぞ、お前たちっ、はあはあ、俺もイキそうだっ、もっとち×ぽをしゃぶれっ」

「あんっ、いいですう、たっぷりドピュドピュしてくださいい」

「むふう、私もおち×ぽドックンするところ見たいい、早くドピュドピュしてええ
え」

ご主人様の快感に合わせ、二人の牝奴隷も首を上下させ、フェラチオに耽る。

赤黒い肉竿からタマタマまで、舌や手を使い必死のご奉仕で尽くす。

「たまらんっ、出るっ、出るぞっ、お前たちのすべてで受け止めるのだっ、ぬあああ
あっ」

「きゃあんっ、おち×ぽが膨らんで、いまもに破裂しちゃいそうっ」

「アンンッ、先っちょから白いのが溢れてくるのおお、たっぷり出してえええ」

「ぬぐううっ、イクぞっ、アイドルを汚すのは最高の快楽だっ」

ご主人様の叫びとともに、熱く膨れ上がった先端から邪悪な喜びが爆発する。

「ひゃんっ、おち×ぽがドピュドピュってえええ、白いのがいっぱい出てますうう
う」

「出してええ、ご主人様のミルクほしいのおおお、たっぷり出してえええええ」

火山の噴火のような白濁液のシャワーを受け、アイドルたちは歓喜の色に染まる。

顔といわず乳房といわず、衣装のすべてにまで爛れた男の精が降り注ぐ。

「はああ、雅也さんの白いミルク、こんなにたっぷりいい、すごいですうう」

「なんてすごい量なのかしら、もっとかけてえええ」

美貌とステージ衣装を汚され、なお牡の射精への賞賛を惜しまない。

もはや身も心も、雅也に隷属していた。

「ぐふふ、ベタベタじゃないか。お前たちはこれから俺の精液がかかった衣装で、ファンの前で踊るんだ」

「そんな、でもなんだか雅也さんの所有物になれた気がしてすごく嬉しい」

「うふっ、自分のミルクをかけたアイドルが、ファンの前へ出るのを喜ぶなんてえ、ご主人様のほうが変態ですう」

己の精を浴びせたアイドルが、観客の前で熱唱するのはこれ以上ない喜びだ。

胸がゾクリとする快楽に、吐精したばかりの肉棒も、萎えることなくそそり立つ。

「あん、おち×ちんまたギンギンになってるう」

「そうよ、沙由理。ご主人様ってば、一晩で五回も六回もできちゃうんだから、一回ピュッピュしたぐらいじゃ満足しないわ」

互いの美貌にかかった白濁液を舐め合いながら、さらなる凌辱に期待を馳せている。

やはり、ともにセックスすることで、二人の仲は順調に通じ合っているようだ。

「クク、そうだな、次はお前たちの中を、たっぷり楽しませてもらおうか」

雄々しく屹立する陰茎を見せつけ、いよいよ交わるべくのそりと立ち上がる。

反り返る男根の力強さに、ハーフの美少女たちはただ圧倒されていた。

「さあ、そこのドレッサーに手を付け、そして尻をこちらへ向けるんだ」

「ええっ、雅也さん、それってば……」

「ああん、そんなのすっごく恥ずかしいよお」

立ちバックのスタイルで交わろうというのか、口にされた途端驚きの声があがる。

あまりのはしたなさに頬を赤らめるが、ご主人様の命令に逆らえるはずもない。

「はい、わかりました、おっしゃるとおりにいたします」

「もう、アイドルにこんな格好させるなんて、キャッ、お尻をナデナデしないでぇっ」

促されるまま鏡台の縁に手を付き、雅也に向け尻を差し出す格好になる。

まるで神に捧げられた供物(くもつ)のように、二つの美臀が男の眼前でふるふる揺れる。

プリーツの入ったミニスカートからは、ショーツが丸見えだ。

「ほお、いい眺めだ、ミニスカから純白のパンツが見えるぞ。はしたないアイドルたちだな」

「もう、ご主人様がさせてるんじゃない、ホントは私たちもイヤなのにぃ」

ショーウインドウみたいに陳列されたお尻は、壮観(そうかん)のひと言に尽きる。

ミニスカから伸びた長い美脚が、ヒップラインの見事さをきわ立たせている。

透き通る白と、蠱惑的な蜜色の肌のコントラストは、まさに絶景だった。

「んんう、こんなの恥ずかしすぎますう、見ないでぇ、雅也さあん」

「はあ、でも見られてるって思うとゾクゾクしちゃう、ひゃあん、そこグリグリしちゃらめえっ」

口々に不満を述べるも、男の両手が艶やかな牝尻へ伸びれば、それも嬌声に変わる。

「ふふ、実にいい具合だ。お前たちの身体は、すべて一級品だな」

右手で沙由理の、左手で望美の熟れたヒップを撫で回す。

おっぱいと同じぐらい柔かな尻肉は、触る麻薬のようだ。

「恥ずかしいっ、こんな格好でなんて、全部見えてしまいますう、ううっ」

「我慢しましょ、沙由理？　私たちはもうご主人様の所有物なのよ」

「あっ、望美ちゃん……うん、これもアイドルの試練よね」

羞恥で涙目になる沙由理を望美がそっと手を握り、優しく慰める。

しかし放埓(ほうらつ)な褐色ギャルは、この淫靡なショーに期待もしているようだが。

「淫乱のくせに、肌はすべすべだなあ。この尻の感触も申し分ない」

「アンン、硬い手のひらがお尻をスリスリってえっ」

「くすぐったいよお、ご主人様あ、強くしちゃいやあぁん」

肌理(きめ)細かいヒップを遠慮なく撫で回されれば、ぞわりと鳥肌が立つ。

全身に走る怖気(おぞけ)に戦きつつ、愛される喜びに華奢な背筋も震えていた。

「フフ、おとなしくしているんだぞ。では次は、おま×この具合を確かめてやろう」

感触を楽しんでいた指がついに純白のショーツを引き下ろし、秘所をまさぐる。

「あああっ、やあああああんっ、そこはあああああっ」

「んきゃああんっ、ショーツの中に指が入ってきたのおおお」

巻き上がる甲高い悲鳴とともに、ピチャピチャといやらしい水音が沸き立つ。

すでに熱く濡れた蜜園は男の指に絡み付き、貫いてほしげにヒクついていた。

「おお、もう濡れてるじゃないか。俺のち×ぽを咥えて感じるなんて、いますぐにもぶち込みたくなるな」

「だってえ、雅也さんのおち×ぽ、逞しすぎるんですものお」

「アアン、指を入れないでええっ、おま×こ壊れちゃうううう」

ショーツを脱がされ露になる二枚の花びらは、いずれも甲乙つけがたい魅力だ。

どちらも恥ずかしい蜜を滴らせ、煌々とした明かりの下で濡れ光る。

「いい眺めだぞ、二人とも。とくに望美は、あれだけ男のち×ぽを咥えてきたくせに、沙由理と同じぐらい初々しいな」

淫靡な花びらは、グチュグチュと破廉恥な音で野太い指を迎え入れる。

最初は一本でもきつかった秘裂は、いまでは二本を軽々と呑み込む。

「そんな意地悪言わないでえ、ご主人様のエッチいい」

「なんだかスースーしちゃう、んんっ、それ以上指を入れないでくださいいい」

逸物をそそり立たせた男が、背後から少女たちの花園を犯す。

可憐なアイドルたちを思うがままに辱め、興奮も最高潮に達していた。

「アンッ、きゃあんっ、お願い、指じゃいやあ、早くご主人様のおち×ぽほしいのお」

「私も、おち×ぽほしいっ、雅也さんの逞しいおち×ぽでしてくださいいい」

骨太の指で蹂躙されていた性人形たちも、悲痛な息の下、必死で訴えてくる。

「ぐふふ、とんでもないスケベだな、お前たちは。そんなに俺のち×ぽがほしいのか」

はしたないおねだりに呆れつつも、調教がうまくいったことにほくそ笑む。

二人とも完全に発情した目つきで、一刻も早く剛直に貫かれることを望んでいた。

「だってえ、おち×ぽ好きなんだもん、太くて硬いのでズンズンしてほしいのお」

「指じゃいやなんですう、私たちのおま×こは、雅也さんのおち×ぽの物なんですからあ」

赤らめた頬で男の逸物を求める少女たちは、アイドルとしての慎みも失せている。

美しくも淫らな痴態にこわばった怒張は、眼前の牝どもを犯せと嗾（けしか）ける。

「フンッ、そんなに言うなら、いますぐ俺のち×ぽをくれてやるっ、覚悟するんだなっ」

べっとりと手についた蜜を舐め取りながら、荒々しく吐き捨てる。

まずは沙由理の細すぎるウエストを摑み、砲身に手を添え入り口を圧迫する。

「はああんっ、ぐちゅっ、て硬いのが私のおま×こにいいいいっ」

灼熱の怒張をあてがわれただけで、沙由理は背筋をくねらせ、官能に悶える。

肥大した先端がズブリと突き刺さり、いまにもぬかるんだ牝膣を突き破りそうだ。

「さあ入れてやるぞっ、存分に俺のち×ぽを味わうがいいっ、おりゃああっ」

「ひゃんっ、あああんっ、太いのが私の中にいっぱいいいいいっ」

憤然と腰を突き出せば、猛々しい牡のシンボルが柔襞の隅々まで侵略し尽くす。

自慢の逸物に貫かれ、二十歳のロシア美少女は恍惚とした表情を浮かべる。

細い肢体をビクビク痙攣させ、結合した衝撃から桃色の乳首もしこり立つ。

「んんうっ、すごいですううう、ガチガチおち×ぽ、太くて硬くて、はあああっ」

激しい突き込みに金色の髪が宙を舞い、九十八のGカップも弾む。

「ふうっ、沙由理のおま×こもなかなかだぞ、ようやく俺の物に馴染んできたな」

「あああ、んはあああ、雅也さんのおち×ぽ、大きすぎますう、身体が裂けちゃいそうですううう」

長大な肉勃起を打ち込まれ、少女は牡に犯される女の喜びに目覚めていた。

痛みを訴えていた頃の面影もなく、蜜潤う女壺は嬉しげに剛直へ吸い付く。

「まだまだこれからだっ、もっともっと犯して、俺のち×ぽに合わせてやるっ」

「ふひゃあああんっ、いきなりズンズンしちゃイヤあああああっ」

くびれたウエストを固定して、ガンガンと速射砲のように腰を繰り出す。

彼氏とは比べものにならぬ肉棒に貫かれ、白い肢体は木の葉みたいに翻弄される。

「どうだ沙由理っ、あの貧弱な小僧より俺のほうがずっといいだろう？」

「アアン、言えないっ、そんなこと言えません、優人さあああん」

「言えっ、言わないとち×ぽを抜くぞっ、それでもいいのかっ」

「あああん、イヤああ、抜かないでください、言いますう、雅也さんのおち×ぽ、優人さんより気持ちいいのおおお」

ついに恋人よりも雅也を選んだ少女は、男の性技に完全に屈していた。

金髪ロシア娘を陥落させたことを確信し、さらなるピストンで蜜壺を穿つ。

「よく言えたな、ではお前の奥の奥まで、すべてを征服してやるっ」

「ふあああんっ、また激しくううう、雅也さああああああん」

肉襞を広げ、子宮すら潰す勢いの腰つきに、いっそう艶めいた声を出す。

牡の蹂躙をひたすら喜ぶ姿は、もはやアイドルとしての面影はなかった。

「はあはあ、いいぞ、もっと締め付けろっ、鏡の中のお前に感じた顔を見せてやれっ」

「えええっ、ああっ、ひゃん、イヤあああああん」

雅也に指摘され、正面を向けば、鏡に映った自身のはしたない姿が露になる。

あまりの恥辱に目を逸らしそうになるが、激しいピストンでそれもできない。

「目を離すなよっ、いまからお前をたっぷりイカかせてやるっ、瞼の奥に焼き付けるんだっ」

「はいいいっ、雅也さんのおち×ぽでイカされますう、もっとしてくださいいい」

快楽に呆けた自身の顔を見ながら、沙由理は頂点へ駆け上ってゆく。

清楚で慎ましいヴィエルジュのリーダーも、一匹の美しい牝奴隷と化す。

「ぐううっ、そろそろイクぞっ、お前の中に、いっぱい種付けしてやるっ」

「はいいい、くださいい、雅也さんの熱いの、いっぱい私に注いでくださいいいい」

パンパンと派手な打擲音を部屋中に響かせ、一気にスパートをかける。

野獣のような体軀の男が少女を背後から犯すさまは、あまりにも背徳的だ。

「アンッ、もうダメえっ、おち×ぽすごすぎてもうダメえええっ」

「もっと言うんだっ、お前が俺の物になった証(あかし)になっ」

「はああんっ、おち×ぽでイッちゃいますう、おち×ぽ素敵っ、おち×ぽ大好きいいいっ」

うら若い乙女が言ってはいけない台詞を吐いた瞬間、目の前が白い光に包まれる。

全身を打つ稲妻に沙由理は限界まで背中を反らせ、絶頂の極みに達する。

「ああっ、イクッ、イッちゃいますううっ、雅也さんのおち×ぽ最高ですううううっ」

「ぬおっ、俺もイクぞ、アイドルのま×こはたまらんっ、ふおおおおっ」

両者の絶叫とともに、胎内の奥深くで爆発が起こる。

びゅるるるんっと精を吐き出し、子宮に大量の種汁が注がれてゆく。

「アンンン、すごく出てるうう、私の膣内で雅也さんが暴れてますううう」

エクスタシーに酔いしれながら、少女は鏡の中の美貌をずっと見つめていた。

濃すぎる快感にぐったりと身体を崩し、荒い息を吐いたまま膝をつく。

「ふうう、よかったぞ、沙由理、これでお前も立派なアイドルだ、俺だけのな」

「はいいい、雅也さんの、おち×ぽ奴隷にしていただいて光栄ですう……」

悦楽の荒波が去ったあと、ようやく牝膣を蹂躙していた欲棒を引き抜く。

ドロリとこぼれた精が太股を伝うさまは、少女を完全征服した喜びを想起させる。

二度も多量の精液を放出したのに、雄々しげな男根はいまだ隆々と勃起していた。

「んんっ、お願いご主人様あ、早く私にもお」

脇で二人の交尾を見ていた望美が、たまらない悲鳴をあげる。

フリフリと悩ましげにお尻揺らし、もう辛抱できないといった風情だ。

「望美、まったくはしたないな。そんなに俺のち×ぽがほしいのか？」

「アアン、だってえ、横であんなすごいセックス見せられたら我慢できないのお」

快楽に耽溺（たんでき）しやすい望美にとって、辛抱しろというほうが無理な相談だ。

意識が混濁し、前後不明になった沙由理を羨ましげに見つめつつ、おねだりする。

「早く来てえ、そのガチガチおち×ぽで、おま×こいっぱいしてえええ」

「このドスケベ娘めっ、そんなにほしけりゃ、たっぷりくれてやるっ」

言うや、沙由理以上にくびれたウエストを摑み、濡れ濡れおま×こへ突き立てる。

物ほしげにヒクつく小陰唇は早くも大量の蜜を漏らし、挿入を待ちわびていた。

「さあ、お待ちかねのち×ぽを入れてやるっ、覚悟するんだぞっ」

「んううっ、お願い早くう、ああっ、キャアアアンッ、おち×ぽがズンッ、て来たのおおおおおおっ」

ズニュリと卑猥な音を立て、女子高生アイドルのおま×こへ淫棒を押し込む。

幼さを残した秘割れは、成熟した牡のシンボルに広げられ、いやらしく変形する。

「はああ、硬いよお、太くて熱くて、ご主人様のおち×ぽ大好きいいい」

「望美のおま×こもよく締まるぞっ、さんざん男どものち×ぽを咥えてきたくせに、なんてきつさだっ」

「だってえ、こんなおっきなおち×ぽ初めてええ、おま×こどうにかなっちゃいそう」

名器と呼ばれた女陰であっても、規格外の巨根の前では形無しだった。

ぐいぐいと無残に広げられ、雅也の逸物に合せた蜜壺にさせられる。

「お前の抱かれてきた男など比較にならんということだ。いま俺が上書きしてやるっ」

「アンッ、してぇえ、ご主人様の逞しいおち×ぽで、私を作り替えてえええ」

男の証をその身に受け、奔放な少女はいまこそ牡に征服される意義を悟っていた。

鳶色の髪を振り乱し、蜜色の肌を官能に染め、全身で喜びを表現する。

衣装から零れる百センチのHカップが、ひと突きごとに卑猥に歪む。

「実によく俺のち×ぽに馴染むようになった。お前は性格は最悪だが、ま×こだけは最高だっ」

「ああああん、そんな言い方ああ、でもご主人様に褒めてもらえて嬉しいよおおお」

望美にとってこれまで経験してきた男など、もうどうでもいいようだった。

もともと依存しやすい質なのか、並外れた男の剛直に夢中だった。

「いい子だっ、これからたっぷり躾けて、俺だけのアイドルにしてやるっ」

「ひゃんっ、きゃあああっ、そんな激しくしたら壊れちゃううううううっ」

ピストンが感じるポイントを突き柔襞を抉るたび、嬌声も高くなる。

「これぐらいで壊れるんじゃないっ、まだまだ本気の半分ぐらいだぞっ」

「いやあぁん、これ以上されたら、おかしくなっちゃうよおおお」

「ああっ、おかしくなるんだっ、そのほうが俺の奴隷として相応しいからなっ」

柳腰を固定したまま怒濤の勢いで最奥を突けば、華奢な肢体はへし折れそうだ。

だが突進する牡の欲望は、少女のすべてを制圧し尽くすまで止まることはない。

「アンッ、いいのっ、もっと激しくううう、ご主人様にメチャクチャにされたいのおおお」

「そうだっ、もっと俺色に染まれっ、俺だけのアイドルになれっ」

「やああんっ、もうダメッ、イッちゃうっ、ご主人様のぶっといおち×ぽでイッちゃううううう」

細い腰つきをバレリーナのようにねじ曲げながら、望美は快楽の絶頂を目指す。

ジュブジュブと猥褻な交接音が室内に溢れ、薔薇色の絶頂はすぐそこだった。

「イクッ、イッくうううっ、はあああぁっ、おち×ぽ最高っ、イッくうううううう」

「ぬおっ、俺もイッてやる、いっしょにイクんだっ、望美っ、うおおおっ」

「はいいいっ、ご主人様といっしょにいいい、イッくうううううううううっ」

アクメの艶声が轟いた瞬間、ぶわっと熱い血潮が胎内で爆発する。

濁流のような白濁液のシャワーを牝膣に浴び、少女は快楽に呆けた顔をさらす。

褐色の肢体が躍動し、牡から与えられたエクスタシーを存分に貪っていた。

「はあはあ、よかったぞ、望美、お前は最高のアイドルだっ」

「ご主人様あ、嬉しいい、私はあなただけのアイドルですううう」

獣のまぐわいにも似た交わりが済んだあと、虚ろな目つきで快楽の海を揺蕩(たゆた)う。

跳ねっ返りの生意気娘を完落ちさせたことで、雅也の征服欲も充足する。

ちゅぽんっと肉棒を引き抜き、秘割れから精が溢れるのを満足げに見つめる。

「二人とも、飲み込みが早くて、さすが俺が指導しただけはあるな。これで今日のステージは大成功間違いなしだ」

「ああん、私たちもおち×ぽミルクをいただいて光栄ですう、ありがとうございましたあ」

「うふふ、ホントはまだし足りないけどお、大事なステージだし我慢するねえ」

ご主人様からお褒めの言葉をいただいて、ぐったりする少女たちは心底から嬉しそうだ。

淫蕩な顔つきで尻を向け、男に汚されたことさえ誇らしげに感じている。

零れる白濁液が光を反射し輝く様子は、淫猥の一言に尽きた。

＊

「ふう、なんとか間に合ったわね。杏華もステージに向かったし、ひと安心だわ」

開演を迎えたステージへ向かう通路の途中に、スーツ美女が一人、安堵の息を吐く。

壁にもたれながら腕を組み、コンサートの成功を祈っているのは真梨恵だ。

盛況なステージの始まりを見届けたあと、社長としての業務に戻る途中だった。

「でも、すごい賑わいね。舞台の袖でもないのに、こっちまで熱くなりそう。私が現役のときとはすごい違いだわ」

渦巻く熱気にざわめく人いきれが、ステージから離れていても伝わってくる。

初日の観客動員も上々で、ヴィエルジュの集客力の高さを表していた。

「そういえば沙由理たち、なんだか態度がおかしかったわね。いつもより雰囲気が違ったし」

ここ数日間連絡が取れず、ぶっつけ本番で臨むと聞いたときは大いに焦った。

しかし、会場で落ち着き払った二人の態度を見れば、不安も吹き飛んでしまった。

「でも、あの調子なら大丈夫そうね。問題なのは杏華から聞いた、あの男のことよね」

舞台の成功を確信する真梨恵だが、胸には一抹(いちまつ)の懸念がよぎる。

「あの男、いったいどうしているのかしら……」

娘から聞いた男の名、石上雅也のことが気になって仕方がなかった。

一年前、事務所を馘首(かくしゅ)した男が、再び舞い戻ってきているらしいのだ。

「いままで悪い虫がつかないように見張ってきたつもりだけど、もし狙いが杏華なら……」

アイドルである以上、スキャンダルの種はあちこちに眠っている。

それを未然に防ぐため、雅也のような強面で豪腕の男は実に役に立った。

プロデューサーとして有能であり、自身の片腕にしてもよいと思ったほどだ。

「遠い親戚にあたるというから使ってあげたけど、なにを血迷ったのか杏華がほしいだなんて、恩知らずにもほどがあるわ」

重用してきた雅也だが、あろうことか見返りに、杏華との婚約を要求してきたのだ。

無論、そんな要求など受けるはずもなく、突っぱねた。

「おとなしく田舎に引っ込んだと思っていたけど、まさか戻ってくるとはねえ。どうしたものかしら……」

求婚を退けたあと、真梨恵はあらゆる手を使い雅也を業界から追放した。

当然、彼がひどく自分を恨んでいることは想像できた。

「ステージが終わったら、あの子たちからも事情を聞かないと。もし、何か企んでいるのなら……」

「なにか企んでいるのなら、なんだというんです？」

思案を巡らせていれば、不意にかけられる野太い声にびっくりして振り向く。

「ええっ、あなたはっ、まさかっ」

いつの間にか自身の背後に見上げるような巨漢が、ニヤけ面で佇んでいた。

浅黒い肌に濃密な顎髭、がっちりした体軀は忘れたくとも忘れられない面相だ。

「お久しぶりですね、音無社長。一年ぶりでしょうか」

「石上雅也っ、なんでここにいるのっ⁉　いったい、いつ戻ってきたのっ」

「おやおや、いきなり怒鳴らなくても。もう少し優しい言葉の一つも掛けてくれるかと思っていたんですが」

「ふざけないでっ、第一どうやって入ったのっ。ここはスタッフ以外立入禁止のはずよっ」

ふだん温和な女社長の仮面を被っているが、ひとたび怒れば鬼女の様相になる。

大声でまくし立てるが、雅也は蚊ほども応えていないように見えた。

「ご心配なく。ちゃんと許可は得て入っていますよ、社長」

「許可ですって？　私はそんなものを出した覚えはないわよ」

「あなたに得ずとも、私にもそれなりに伝手（つて）というものがありましてね」

余裕の笑みを崩さず、凄味（すごみ）を利かす女社長を軽くいなす。

この男の得体の知れなさが、昔から苦手だったことを思い出す。

「どんな手を使ったか知らないけど、いつまでもいるようなら警備員を呼ぶわよっ」

気圧されつつも必死にやり合えば、雅也の顔色にも変化が出る。

さすがに人を呼ばれれば、まずいと思ったのかもしれない。

「いえ、今日は社長に渡したいものがあっただけです。これを、ね」

そう宣（のたま）えば、スーツの胸元からA五サイズほどの封筒を取り出す。

怪訝な顔つきの真梨恵だが、差し出されては受け取らぬわけにいかなかった。

「私に渡すもの？　なんなのかしら、これは」

「それは見てのお楽しみです、では今日はこれで」

「こんなものを？　まさか、そのためだけに来たのかしら……あっ、待ちなさいっ」

ぺこりと恭しく頭を下げれば、そのまま真梨恵の前を辞去する。

粗雑に見えて完璧な身のこなしと優雅な歩き方は、一分の隙もない。

質問には答えず立ち去る後ろ姿に、なにも言い返せなかった。

「これを、私に、なにがあるというの……」

呆気にとられ雅也の後ろ姿を追うのも忘れ、ただ手渡された封筒を眺めていた。

第四章　牝堕ち美熟女との饗宴

深夜にさしかかる高級住宅街はすべてが静寂に包まれ、行き交う人の気配もない。
おぼろげな街灯の明かりだけが道を照らし、わずかな生気を感じさせるだけだ。
そんな侘しい市街の中心にある音無家の門前へ、一台のセダンが停車する。
「来たのね、相変わらず憎らしいぐらい時間どおりだわ」
巨大な門扉を背景に、一人の権高そうな女性が腕組みをしたまま佇んでいる。
車のライトに照らされた横顔は、壮烈なほどに美しい。
口を真一文字に結び、険しい表情で何者かを待っていた女性は真梨恵だった。
「俺が几帳面なのはあなたも知ってるだろう？　でも、こんな時間を指定しなくても
いいんじゃないか」
「よくもそんなことが言えたものだわ。あんな話を、使用人がいる時間にするわけに

はいかないでしょう。本来なら、もっと違う場所にしたかったのに」

バタリと車のドアが開き、小山のような大男が現れる。

ずいと巨体を聳えさせ、真梨恵の前へ歩み出るのは無論、雅也だ。

「その様子じゃ、あの写真に驚いてくれたようだ。こうして面談してくれるんだから」

「面談？　脅迫の間違いでしょう、あれを見せられて話し合いに応じなかったら、なにをする気だったのかしら」

どうやら渡された封筒の中身を見て、会談の場を設ける気になったらしい。

内容は、沙由理と望美のスキャンダラスな画像がぎっしり写されたものだった。

「だがそのおかげで、またこの家に入れてもらえるな。懐かしいが、昔と全然変わっていない」

離れて一年程なのだから当然だが、雅也にとっては待ち望んでいた展開だった。

いままで職場へ復帰を望む声を無視して、まるで取り合ってくれなかったのだ。

「能書きはもういいでしょう。さあ、立ち話もなんだし早く入りなさい」

さすがに玄関前のやりとりはまずいと思ったのか、手招きして邸内へ誘う。

ガウンを羽織っただけで表に出た未亡人は、ちょっと寒そうだ。

「お招きいただき嬉しいことだ。ところで杏華はどうしているんだい？　もう寝たのかな」

「ええ、いるわ。でも、あなたに会わせる気はなくてよ」

素っ気ない態度だが、深夜に呼んだのは愛娘と会わせないためだろう。

門前で雅也を待っていたのも、杏華に気づかれず屋敷の中へ入れるためだった。

「そうか、ならしょうがない。感動の再会はまたの機会にしようか」

険しい顔の未亡人を一瞥しつつ、おとなしく屋敷の中へ入る。

諾々と従うふりをして、自らの勝利を確信した雅也はニヤリと笑っていた。

＊

音無杏華にとって母である真梨恵は、親という以上に憧れの存在でもあった。

かつては人気絶頂のアイドルとして君臨し、二十で結婚すると同時に引退した。

当時の映像や写真集を見れば、どれほどの社会現象だったか娘にも理解できる。

幼い杏華が母の後ろ姿を見て、アイドルを目指したのも当然の成り行きだった。

「お母様あ、んん、あっ、あれっ？」

子供用とは思えない豪奢なベッドの上で、しなやかな少女の肢体が目を覚ます。

お嬢様らしい花柄の壁紙が、暗闇に染まる室内で唯一可憐さを失っていない。

いつの間にか広い自室の中心で、制服姿のまま眠りこけていたらしい。

「んふっ、あふうう、ああ、そっかあ、私、寝ちゃってたんだ」

うーんっと伸びをしたあと、ベッドの上から身を起こす。

たしかステージが終わったあと、沙由理や望美と別れ、帰宅したはずだった。

あたりを見回せばすでに真っ暗で、窓から零れる町並みは、喧騒すら聞こえない。

「舞台が終わって、そのあとすごく疲れちゃって。いま何時かしら、ええっ」

寝ぼけ眼を擦りつつ、傍らにある時計を見れば、午前零時を回ったところだった。

「はあ、思い出した。身体が重くて私、ご飯も食べずに寝ちゃったんだあ」

舞台初日の疲れということもあり、帰宅した途端、床に就いたことを思い出す。

静寂に包まれた室内は、差し込む月の光だけが、いとけない容貌を照らしていた。

「んー、変な時間に起きちゃったなあ。もう一度寝ちゃおっか、あっ？」

あれこれ思案をしていれば、おなかがきゅうっと鳴る。

育ちのよい令嬢らしく、ばつが悪げに頬を赤らめ、ペロリと舌を出す。

「うふふっ、晩ご飯も食べてないし、そりゃあお腹も空いちゃうよねえ」

やむなく起きれば、鳴り響くお腹を押さえ、セーラー服の上にカーディガンを着る。

なにかお腹に入れておかねばと思い、ダイニングへ向かおうとする。

「キッチンなら、なにかあるよね。でもこんな時間に食べたら、お母様やトレーナーに叱られちゃうかも」

アイドルとして常に自己管理している杏華には、専属のトレーナーがついていた。

日々の食事から、歌やダンスのレッスンまで、事細かに指導を受けている。

レッスンは楽しいが、育ち盛りの少女にとって食事の制限はつらいものがあった。

「カップ麺でもあればいいんだけど。ふわっ、家中真っ暗だあ、当たり前だけど」

廊下へ出れば、侘しげな暗い通路が少女を闇の世界へと誘う。

音無家は山の手の高級住宅街にあり、夜になれば広いお屋敷は静まりかえる。

数名の使用人はいるが、通いのためこの時間帯の住人は杏華と真梨恵しかいない。

「でも昨日はすごかったなあ。沙由理さんも望美さんもホントに上手で、忘れられない一日になっちゃった」

もっとも杏華には暗闇の恐怖より、初ステージの感動のほうが強かった。

二人の先輩はすべてが完璧で、会場を熱気と狂乱の嵐に包んだのだ。

「私はついていくだけで精一杯。早くあの二人に追いつきたいな」

あらためて沙由理たちのすごさに舌を巻けば、新たな目標が芽生えたことが嬉しかった。

感動に震えつつ、母の寝室を通り過ぎようとするが、ある異変に気づく。

「あれ、お母様の部屋の明かりがついてる。まだ起きてるみたいね」

意識もせず通り過ぎようとするが、部屋のドアがわずかに開いている。

隙間から零れる照明の光は、母がまだ就寝前であることを示していた。

「こんな時間まで起きてるなんて珍しいわ。なにかあったのかしら」

美容を第一に考え、徹夜をしない主義の真梨恵にしては滅多にないことだ。

いけないことと思いつつ、つい身を乗り出して覗こうとすれば、突如怒声が飛ぶ。

「どういうことなのっ、こんなものを私に見せるなんて！」

「きゃっ、お母様？」

静寂を破るように轟く甲高い声に、ギクリと驚く。

間違いなく母の声だが、口調は上ずり、明らかに動揺していた。

「お母様の声、よね、でもこんな……」

杏華は母の怒鳴り声など初めて聞いた。

早くに父を亡くした少女にとって、深い愛情を注いでくれた存在なのだ。

「こんな、こんなものがあるなんてっ、なんの証拠になるっていうのっ」

部屋の中で激しく言い立てる母は、何者かと会談の最中らしい。

どうやら杏華の覗きに気づいたわけではないらしく、ほっと息を吐く。

「お母様、誰と話しているのかしら。それも、こんな時間に」

深夜の来客、しかも怒声の飛び交う面談など、いままでないことだった。

恐ろしさと同時に興味も引かれ、少女はそっと覗きを再開してしまう。

「どうせ加工したものなんでしょ、こんなもの。ネットのあちこちで見かけるから、驚きもしないわっ」

豪奢なタブルベッドが据えられた寝室で、ソファに掛けた二人の人物が話している。

一人は無論、母の真梨恵だが、もう一人は影になっていてよく見えない。

「これで私を強請(ゆす)るつもりかしらっ、見くびらないでちょうだいっ」

「よくご覧になってください、社長。合成したようには見えないでしょう？　なんなら映像もありますが」

「えっ、この声、まさか……」

母の部屋から聞こえる男の声に、少女の胸はトクンッと高鳴る。

それは幼い頃から胸に刻み込まれた、聞き覚えのある声だった。

「何度見ても答えは同じよっ。こんな写真ごときで自分を復職させろだなんて、寝言も大概にしなさい！」

真梨恵はソファに腰掛け、テーブル上に雑然と散らかる写真をバンと叩く。

それは沙由理と望美が犯され、痴態を晒す姿が写された衝撃的な画像だ。

昼間、雅也に渡された封筒に入っていたものの正体はこれだった。

「ですが、それが真実ですよ、音無社長。彼女たちは、もう俺の言いなりですから」

「言いなり、なんてことをっ。あの子たちになにかしたのね、石上雅也っ！」

「雅也、やっぱり、おじさまなんだわっ」

男の名前が出た途端、杏華の胸にはたとえようもない幸福感が広がる。

それは亜麻色の髪を持った少女にとって、特別な意味を持つ存在だった。

「一年ぶりに、おじさまがいらしたのね。でもどうして、お母様と言い争いなんて」

不思議に思う少女の意思など無視して、寝室内でのやりとりは続く。

「この写真を否定しても、どのみち映像は残ってる。沙由理と望美の将来に傷をつけたくなければ、おとなしくしていただきたいな」

「あの子たちを人質に取るなんて、卑劣にもほどがあるわ。恥を知りなさいっ」

母は寝間着の上から、華麗な紋様の入ったガウンを着ている。

裾から伸びた美脚といい、グラマラスなボディラインは実年齢以上の若々しさだ。

また、うっすらと香水の匂いも漂わせ、商談というよりは恋人との逢瀬に見えた。

「もう強がりはやめにしようか、真梨恵。俺がここに来た目的は、あんたもよく知っているだろう」

「ううっ、やっぱりそれが目的だったのね……」

激高してもまるで効果がないあたり、すでにどちらが上かは決しているらしい。

真梨恵も諦めたのか、溜息を吐きつつすっと立ち上がる。

百七十の長身に沙由理たちを上回るボディの熟女は、立ち姿だけでも麗しい。

「仕方がないわね。でも、約束は守ってもらうわよ」

「そう、素直が一番だよ。夜はまだ長いんだ、たっぷり楽しもうじゃないか」

真梨恵の台詞からは、ついさっきまであった刃のような激しさが消え失せている。

なにかを期待する上ずった音色に、騒然としていた寝室の雰囲気も変わっていた。

「昔からそうだったわ。どんな物でも、手に入れないと気の済まない性分だったわね」

「ならどうするんだい、商談は打ち切りかな？　そんな選択をするほど愚かには見えないが」

洗練された身のこなしで側へ寄るさまは、歩く芸術というべき美しさだ。

色っぽくしなを作りながら、気怠げに髪を掻き上げる。

「悪い人、でも、そんなところに惹かれていたのかもしれないわ……私も、娘もね」

艶めいた微笑を浮かべれば、するりとローブを脱ぎ捨てる。

「お母様っ、あぁっ」

思わず大声を出しそうになり、杏華は慌てて口を塞ぐ。

ローブの下は見るも神々しい、レースに飾られた漆黒のランジェリー姿だ。

シースルー素材で裸体が透けて見える、あまりにも刺激的なスタイルだ。

細く長い美脚を覆う、黒のガーターベルトが貴婦人の裸体を引き立てている。

「いやらしい格好だな。最初から期待していたのか、真梨恵」

男の好奇の目を集める大胆な格好は、三十八歳の未亡人とは思えぬ色気だ。

下腹部に息づく同素材の黒いショーツは、淑女の最後の秘密が隠されていた。

「あなたのせいでしょう。あんな写真を見せられたら、女ならどうにかなっちゃうわ」

蠱惑的な笑みのまま、媚びを売る仕草で丸太みたいな腕にそっと手を乗せる。

「お母様、なにをしているの。おじさまと、なんてことをっ」

杏華は自分が目にしてる光景が信じられなかった。

大胆な下着姿の母が、自身が慕う雅也と妖しげな雰囲気になっているのだ。

「お願いよ、あの子たちからはもう手を引いて。いまが一番大事な時期なの」

「それは、あんた次第だな。これから、その証を見せてもらおうか」

「あんっ、んんんっ、ふむうううううっ」

深夜のベッドルームに、美女の曇った声が響く。

「二人とも、なにをして、あああっ」

寝室で展開されるありえない状況に、少女は絶句する。

誰よりも気高く美しい母が、父以外の男とディープキスをしているのだ。

「んふっ、んんん、あふううう」

「ぬふっ、うまいな、むううう」

ぬろぬろと舌を絡め、愛欲のエキスを交換すれば、真梨恵の瞳もうっとりする。

日頃、堅物で他を寄せ付けない雰囲気の女社長が、年下男とのキスに夢中だった。

「んんう、むふっ、はあああ」

「さすがに沙由理たちとは年季が違う。さぞや、いろいろな男を喰ってきたんだろうな」

「そんなことっ、私はこう見えて夫以外は知らないわっ、あんんんっ」

杏華の父であり、真梨恵の夫である先代社長は、八年ほど前に他界している。

二十歳上も離れた結婚生活のせいか、夫婦の営みは数えるほどしかなかった。

「わかってるさ、俺もずっと側で見てたからな。あのじいさんに、その身体はもったいないと思ってたんだ」

「アンッ、キャンッ、いきなりそんなところをっ」

キスの官能に酔っていれば、太い男の指が熟れ頃な未亡人の乳房へ伸びる。

たわわなおっぱいを摘まれ、つい少女みたいにかわいい声をあげる。

「んんっ、そんなにムニュムニュしちゃいやよ、ああんっ」

未亡人となって数年、女盛りの肢体を持て余していたのは想像に難くない。

妖艶なランジェリーにばっちりメイクも施し、この展開を期待していたのだろう。

「ふふ、やはり極上だなあ、この感覚。望美より大きいかもしれないな、いったいいくつあるんだ？」

「ううっ、言わせないで、百十センチよ……カップ数はIなの」

「ほほうっ、それはすごいな。大きいとは思っていたが、まさかそこまでとはなあ」

恥じらいながらサイズを漏らす真梨恵は、いつもの余裕に満ちた女社長ではない。

乙女を思わせる仕草で、伏し目がちに答える姿はかわいらしかった。

「たまらんな、こんな身体つきのいい女を、いままであんなジジイの好きにさせていたとは」

「んんっ、待ちなさい、待ってて っ、その前に約束をしてて っ」

ぐいと手を摑めば、真梨恵を抱き寄せ、胸の中へと招き入れる。

悲鳴もあげる暇もなく、しなやかな女体は逞しい腕の内に囚われていた。

「お願い、私に満足したら、もう沙由理と望美は解放してあげて。杏華にも手を出さないで」

「はうっ、お母様っ」

自分の名前が出された瞬間、覗き見をしている杏華の背筋は凍り付く。

母は雅也の手が自分へ伸びないように、犠牲の羊になろうとしているのだろうか。

「物わかりがいいな、社長、いや真梨恵。そのつもりで、寝室を会談の場に選んだのだろう？」

「んんんっ、そうよ、ここなら誰の目も気にせずあなたの申し出を受けることがっ、アアアンッ、ダメえっ」

ブラジャーのホック外し、日本人離れした美巨乳に触れれば婀娜っぽい声があがる。

プルルンッと飛び出る極上のバストは、加齢による衰えもない見事な形だ。

「あんまり大きい声を出すと、杏華に聞こえてしまうぞ？　まあ、この身体なら感じやすいのも仕方がないが」

指摘され口を塞ぐが、処女雪のような白い肌は興奮から桜色に染まっている。

閨房（けいぼう）を離れて久しい未亡人の肉体は、わずかな愛撫でも感じてしまう。

「しかし、こんなはしたない声をあげるとは。そうとう欲求不満がたまっていたんじゃないのか」

「それはっ、ああっ、きゃあああっ、なにをするのっ」

ネクタイを緩めつつ、重くもない肢体をお姫様抱きで持ち上げる。

「アアン、ダメよお、こんな格好、誰かに見られたら……」

「こんな真夜中の寝室で、誰に見られるというんだ。まんざらでもない顔をしているくせに」

女体を軽々と運ぶ力強さに、真梨恵の目はどこか潤んでいた。

逞しい男に征服される乙女の気分を楽しんでいるのか、頬を赤らめる。

ふわりとベッドの上へ投げ出されても、嬉しげな悲鳴をあげるだけだ。

「ひゃんっ、もう、乱暴ね、いきなりベッドへ放るなんて」

「そういう真梨恵も顔が赤いじゃないか。小娘みたいな声をあげてるしなあ」

「そんなことっ、ああ、いきなり服を脱ぐのね、でもすごく厚い胸板……」

シーツの上で豊満な肢体を横たえる未亡人を見下しつつ、スーツを脱ぎ捨てる。

たちまち現れる鋼のような筋肉は、隆々と盛り上がっている。

見守る真梨恵の目も薔薇色に染まっていた。

「はあ、それが、男の身体ってやっぱりいいわあ、とっても逞しい」

「ふふふ、すっかりご無沙汰の未亡人には目の毒かな」

「意地悪言わないでっ、あっ？」

屈強な肉体に目を奪われていれば、ギシリと音を立てつつ、ベッドの上で迫られる。

三十八歳の熟美母は、初体験を迎える生娘みたいに期待した眼差しだ。

「さあ、まずは俺のモノを出してもらおうか」

「ええっ、私にしろっていうのっ？　ううう、わかったわ、ズボンを脱がせばいいのね」

元は使用人にすぎなかった男から命令されるも、どこか嬉しそうだ。

いそいそとベルトを緩め、すでに膨らみきったパンツを下ろす。

たちまち、ボロンッと跳ね上がるように飛び出る逸物は、勢いよくそそり立つ。

「きゃっ、ああんっ、なんてすごいのっ、これが本物の男なのねっ」

臍まで反り返った雄々しい剛直に、目を丸くする。

親子ほども年の離れた夫ではありえなかった猛々しさに、ただ見入っていた。

「ひゃあっ、あれがおじさまのっ」

二人の行為を覗き見する杏華もまた、初めて目にする男性自身に肝を潰す。

ヒクヒクと聳える長大な牡のシンボルに、ゴクリと生唾を飲む。

通常サイズを遥かに超えた陰茎は、深窓の美母娘を虜にしていた。

「すごいわ、殿方のおち×ちんがこんなだなんて、信じられない」

「当たり前だ、俺のち×ぽは、そこらのジジイやチャラい小僧とは違うからな。これから、たっぷり教えてやるぞ」

尊大な態度で振る舞う雅也は、さっきまでの使用人然とした口調も消えていた。

この場の支配者は自分であると言いたげに、ずいと怒張を眼前に差し出す。

「アンッ、イヤッ、それ以上近づけないでっ」

「ダメだ、もっと側で見るんだ、これがいまから、お前のご主人様になるんだからな」

「ご主人様だなんて、なにを言ってるの、雅也」

肉棒の発するすごまじい熱量に、若未亡人は心の底から畏怖(いふ)を感じていた。

生まれてこの方、男に跪いたことのない真梨恵にとって、初めての経験だった。

「ぐふふ、俺のち×ぽを見た瞬間、真梨恵の顔つきが変わったじゃないか。男に平伏す牝の顔だ」

「牝だなんて、アアン、そんなこと言わないでぇ」

人気アイドルだった時期も、夫との短い夫婦生活でも、男に従ったことなどない。

芸能プロを立ち上げ、社長として君臨してからも同じだった。

「んんん、はああ、でもすごいの、雅也さんのおち×ぽ、なんだか身体が熱くなるの」

「それが隷属ということなんだ。もうお前は、ち×ぽなしじゃ生きていけないドスケベ女なんだよっ」

「いやああん、そんなふうに言われたらあ、でも、もっと罵ってほしい……」

頬を染め、潤んだ瞳で男の従属物になることを願う。

すっかりおとなしくなる未亡人に、雅也の態度はさらに大きくなる。

「そんなほしければ、しゃぶってもいいんだぞ、まずは口からだな」

「それはまさか、フェラ……そんなことっ」

名前は知っていても、亡夫との性生活ではフェラチオなどしたことはなかった。

しかし目の前に聳える雄々しい男根に、身体の奥底から奉仕したい女の欲望が湧く。

「イヤなのか、なら別にしなくてもいいんだ。話し合いは、これでおしまいだな」

「ああんっ、そんなこと言ってないわっ。わかり、ました、お口でいたします、んんんっ、むうううう」

天を衝く怒張に魅入られ、促されるますますっぽりと男根を口に含む。

「はああっ、お母様っ、なんてことをっ」

杏華は自分が目にしている光景が信じられなかった。

自身の憧れる聡明（そうめい）な美母が、ベッドの上で男のペニスをしゃぶっているのだ。

「んふっ、むちゅううう、はむうう」

「ぐおっ、いいぞ、なかなか従順じゃないかっ」

「んんっ、だって、雅也さんのおち×ぽ、すごく立派なんですものおお」

口をすぼめ、ちゅぱちゅぱといやらしい音を立てつつ、おしゃぶりに夢中になる。

「実にうまいフェラチオじゃないか。あのじいさんのち×ぽも、こうしてしゃぶっていたんだな」

「んちゅうう、そんな、私はフェラなんて一度もっ、あむううう」

言葉のとおり、夫婦の営みの最中には真梨恵から積極的に求めたことはなかった。初老にさしかかっていた亡夫は、肉欲のほうも淡泊だったのだ。

「なら咥えるがいいっ、これが男のち×ぽだ、身体の奥底に刻み込むんだな！」

「あんむうううっ、乱暴にズボズボしないでええええっ、んふうううう」

言うや、腰を動かし口内を犯せば艶やかな黒髪ロングが、煌めくように揺れる。

百十センチのIカップも色づき、牡の蹂躙を喜んでいた。

「いい、です、もっと乱暴にしてえ、むふうううっ」

「このドスケベ未亡人めっ、そんなに男のち×ぽがほしかったのかっ、では思う存分しゃぶらせてやるっ」

「んはああああん、イヤああああああ」

「あああ、お母様、あんなはしたない声を出すなんて、信じられない……」

真夜中の寝室で、母と雅也が肉欲に耽っている。

男女の営みなど、無論、杏華は初めて目にする。

あまりの背徳的な光景に息も継げず、ただじっと盗み見るだけだった。

「おじさまを相手にあんな、あんなことをして。お口で、おち×ぽを、ああっ」

ちゅぱちゅぱと淫靡な水音が耳を打てば、心臓の鼓動も早まる。

それも尊敬する母が、自身が密かに慕う男との交わるのだから、衝撃もひとしおだ。

激しい電流が少女の身体を流れ、敏感な肢体にも変化が訪れていた。

「おち×ぽをジュボジュボして、お母様も幸せそう、はああん」

熱く絡み合う母と思い人に、十五歳の生娘の内から快美感が湧き上がる。

早熟で同級生の誰よりも早く初潮を迎えた少女は、頬を赤らめ痴態を覗く。

人形のように細く華奢だが、よく発育したバストは九十のFカップはあった。

「おじさまのおち×ぽ、あんなに大きくて、お母様も嬉しそうに舐めるなんて……」

虚ろな目で息を吐く少女は明らかに発情しているが、奥手なせいか気づいていない。

しかし官能に耐えかね、セーラー服の上からほどよく実った乳房に触れてみる。

「はああんっ、なにこれ、身体がっ、身体が熱いよおおお」

布の上から触っただけなのに、幼さを残した肢体は痛みにも似た快感を覚える。

初体験の疼きに耐えきれず、杏華はふらふらと床へへたり込んでしまう。

脚が痺れるように震え、肩も小刻みに痙攣すれば、もう我慢できなかった。

「うんんっ、これがそうなの、これが感じちゃうってことなの、あああああん」

するりとセーラー服のリボンを外し、純白のブラに包まれたおっぱいを露にする。

耳年増な同級生から聞きかじったセックス知識を思い出し、陶酔に浸る。

女も感じれば、はしたない声を漏らすのよと言われ、初心な少女は赤面したものだ。

「はああん、おじさまあ、お願い私にもしてえ、逞しいおち×ぽほしいのおお」

清純なアイドルとは思えない台詞を吐きながら、自身の大胆さに驚く。

男女が愛欲を貪る爛れた行為など、自分にとって遙か遠い世界だと思っていた。

しかし母のセックスを目撃し、逞しい逸物を見た瞬間に、なにかが目覚めそうだ。

「んんんっ、あふあああああんっ、おち×ぽ膨らんでるのおおおお」

「ぬうっ、出るぞっ、真梨恵の口ですべて受け止めるんだっ」

ベッドルームでは、未亡人と雅也の営みが絶頂を迎えそうだった。

ぐいと真梨恵の頭を摑み、前後に激しくシェイクさせる。

窒息の苦しみに耐えながらも、母はそんな行為すら笑顔で受け止めていた。

「出るっ、ぬおおっ、出るぞおおおおっ」

「ひゃんっ、んはあああああん、たっぷり出してえええええええ」

猛る剛直が膨らんだ瞬間、白濁液が堰(せき)を切るようにビュルビュルと発射される。

孤閨(こけい)を守る淑女の口腔に、溢れる獣液が注ぎ込まれてゆく。

「はあはあ、けふっ、こんなに白いのがたくさん、全部飲みきれないわ」

唇から精液を垂らしつつ、喉奥に流し込まれた男の証を満足そうに飲み干す。

目に涙を浮かべながら、十年以上も絶えてなかった情交に感動していた。

「真梨恵の口もよかったぞ。とても十年もご無沙汰とは思えない」

「うふふ、あなただって、たくさん出したのに、まだまだ元気いっぱいね」

指摘どおり、肉棒は一度の吐精で萎えることもなく天を衝いている。

若さに溢れた牡のシンボルに、欲求を持て余した未亡人もご満悦だ。

「当然だ、なにせ毎日若いアイドルたちを相手にしてるからな。だが本番は、これからだぞ」

「ええっ、ああっ、きゃあああんっ」

聳える怒張で威嚇しながら、逞しい二の腕でベッドへ押し倒す。

シーツの上に白い身体が横たえられ、そのままお股を広げられてしまう。

「ああん、なんて強引なのかしら、でもそんな態度も素敵よ」

「社員だった男にこんなふうに扱われるのもいいだろう？　真梨恵も喜んでいるじゃないか」

「そうね、ふふ、下賤な男に犯されるなんて、ゾクゾクしちゃうわ」

無理やりされたふう見えるが、真梨恵自身もこの状況を楽しんでいるようだ。

貴婦人の薫香漂う漆黒のショーツを露にされても、笑みを浮かべたままだ。

だが布帛の中心にはスジが走り、熟れた女体も昂っていた。

「おや、ずいぶん濡れているな。厳格な女社長とは思えぬ淫乱さだ」

「アアン、だってえ、こんなの久しぶりなんですものお、我慢できないのお」

「ふふ、そうか、では俺がこの目で確かめてやろう」

「んはあん、せっかちなんだからあ、ひゃんっ」

極上の薄絹に手をかけ、するすると下ろせば、未亡人の花園が剝き出しになる。

深い茂みに包まれたそれは、少女とは違う成熟した女体のいやらしさだ。

「おう、はしたないおま×こだな。蜜だけじゃなく物ほしげにヒクつくとは」

たしかに沙由理たちと違い、発達した大陰唇は満開の花びらのように咲き誇っている。

美熟女の爛れたおま×こは、えもいわれぬ風情で食欲を誘う。

「あら、これぐらいで幻滅したのかしら、せっかく食べ頃なのに」

「いや、青臭い処女の花びらばかりじゃ飽きるからな。たまには、熟しきったおま×こもいいものだ、んむうう」

「アアアアンッ、いきなり舌を入れちゃイヤあああっ」

蠱惑的な笑みを浮かべる真梨恵に誘われ、ズブリと湿った舌を突き入れる。

やはり経験を重ねた熟女の秘芯は、小娘とは違う趣と酸味があった。

「んふううう、少し濃いな、さすがにセレブな女社長の味は違う」

「はあん、そうでしょう、一度私のおま×こを知ったら、忘れられなくなるのよ、あんんっ」

チロチロとクンニの音が、密やかなベッドルームに充満する。

貴婦人の艶声が淫らな雰囲気に花を添え、深夜の密室を甘く彩っていた。

「高貴だがいやらしい、まるで真梨恵そのものだ、んむふううう」

「アンンッ、そうよっ、感じてるのっ、あなたのペロペロで、いっぱい濡れてるのおおおっ」

欲望を剥き出しにしてベッドで絡み合う二人に、覗き見の少女は激しく昂る。

「はあはあ、お母様、とってもいやらしいの、おじさまもあんな、はあんっ」

ポロンとはみ出たFカップを揉みしだきながら、切なげな声を漏らす。

「身体がおかしいよお、熱くてビリビリして、こんなの初めてえ……」

うわ言みたいに呟きながら、すでにしこり立つ乳首を指でいじめる。

初々しいピンクの乳頭をクリクリしながら、火照った身体を懸命に慰める。

「お母様、おま×こを舐められてるううう、おじさまあ、私のも舐めてほしいのお」

深窓の令嬢とは思えぬはしたない台詞に、少女自身もびっくりする。

幼い杏華はこれまでオナニーなど、考えたこともなかった。

身体が疼いて、眠れぬ夜を過ごすことすらなかったのだ。

「いやああん、指じゃイヤああ、おじさまの舌でペロペロしてえええ」

しかし母と雅也の交わりを盗み見て、青い性感は急速に目覚めはじめていた。

「おじさまの太くて硬いおち×ちんが、私のここに……はあああんっ、んくうううっ」

こみ上げる快感に我慢できず、指をプリーツスカートの中へ忍ばせる。

たちまち激しい衝撃に打たれ、大声をあげそうになるのをなんとか堪える。

純白のショーツはすでに母と同じか、それ以上に蜜をこぼしていた。

「んふうう、私のここも濡れてるの、お母様みたいにいっぱいいい」

ベッドで愛し合う美母を羨ましげに見つめながら、少女は自慰に夢中だった。

十五歳の生娘は必死に指を動かし、清楚な秘割れを擦り立てている。

「お願い、雅也さん、もう入れて、その逞しいおち×ぽをちょうだいいいい」

一方の真梨恵もクンニの喜びに耐えかね、ついに逸物をおねだりする。

自ら牡のシンボルを求めるなど、貞淑（ていしゅく）な未亡人とは思えぬはしたなさだ。

「とうとう自分からほしいと言ったな、あの音無真梨恵がな、ふふふ」

「んんう、焦らさないでえ、わかるでしょう、もう我慢できないぐらい、おま×こびしょびしょなのよお」

お股を開き、くぱあっと広がった花びらを見せつける。

さんざん嬲られた大陰唇は淫らに蠢き、牡を誘う香気を発していた。

「いいだろう、お望みどおり入れてやる。あの高慢な女社長が、俺のち×ぽを咥えるさまをじっくり見てやるぞ」

「んはあん、おち×ぽすごく硬いのお、信じられないい」

黒ガーターベルトに包まれた美脚を広げ、ブチュリ先っちょを秘割れへあてがう。

極太の怒張で、いよいよ未亡人の最後の秘密を貫こうとする。

「ああ、ついに入っちゃうのね、あんな大きなおち×ちんが、お母様の中に」

母の性交を目の当たりにし、快楽の味を覚えたばかりの娘は戦く。

指で幼い割れ目をまさぐりつつ、挿入のときを我がことのように待ち受ける。

「そらっ、たっぷり咥えるがいいっ、これが本物の男のち×ぽだっ！」

勇ましく腰を動かし、剛直が十年間もご無沙汰だったおま×こを貫く。

「はあああんっ、すごいいいいいいっ、これが男のおち×ぽなのねえええええ」

「きゃあああああん、おじさまあああ、おじさまのおち×ぽが、お母様にいいいい」

寡婦の肢体が弾けた瞬間、幼い割れ目にもしなやかな指が差し込まれる。

背筋をビクンビクンと反らし、少女は異物挿入で初めてのアクメを覚える。

母娘同時に悦楽に酔い、極彩色の世界に包まれていた。

「いいじゃないか、すっかりご無沙汰のおま×このわりには、よく締まるっ」

「アンッ、それはおち×ぽがすごいからよおおっ、こんな太くて硬いの初めてぇえ」

蜜滴る美熟女の女陰は、並外れた巨根すらすっぽりと呑み込んでいた。

孤閨の時を埋めるかのように、未亡人の女壺は雄々しい男根にしゃぶりつく。

「きつさも締まりも申し分ないな、ふふ、これが音無プロダクション社長のおま×こかっ」

「社長だなんて、いまの私はあなたのおち×ぽに貫かれたただの女よ、あはあぁん」

女盛りの肉襞はギチギチにはまった肉勃起に吸い付き、離そうとしない。

熱く硬い男の証しを受け入れて、気高い淑女は一匹の牝へ戻っていた。

「そうか、ならただの女らしく俺のち×ぽでよがるがいいっ、そらそらっ」

「きゃあああん、いきなり激ししないでぇえええええっ」

満を持して繰り出される突き込みに、麗しい獣の悲鳴が轟く。

まばゆい照明と差し込む月の光が、淫らに交わる男女を妖しく映し出す。

「ぬふう、いいぞ真梨恵っ、もっと俺のを締め付けろっ、お前のおま×こは極上だっ」

「はああ、雅也さんのおち×ぽも太くて硬いのお、おま×こいっぱい広げられてるううう」

「おま×こだけじゃない、乳もこんなに揺れるとは、まったくけしからん未亡人だっ」

「きゃああっ、んはあああんっ、おっぱいまでぎゅってしたダメえええええっ」

目の前でIカップの爆乳がぶるんと揺れれば、弄びたくなるのは牡の本能だ。

ムギュリと感触を楽しみながら、舌で吸ったり軽く噛んだり蹂躙を繰り返す。

「あふううん、おっぱいチュウチュウされて、おま×こズンズンされたら、どうにかなっちゃうううう」

「どうにかしてやるぞっ、お前を俺だけの奴隷社長にしてやる、このち×ぽでなっ」

「ひゃあああん、素敵いいい、雅也さんのおち×ぽの物になっちゃうううう」

三十八歳の未亡人は、いまこそ男に作り替えられる女の喜びを確信する。

甘ったるいあえぎ声を響かせ、さらなる制圧を望んでいた。

「ああ、お母様、お母様あ、あんな幸せそうなお顔をして、羨ましいよおお」

激しいセックスに溺れる母の姿にあてられ、杏華は完全に発情していた。

ギシギシと鳴るベッドの軋(きし)む音が、少女の性感を昂らせる。

「んんう、私のおま×こ、指が入っちゃった、ああ、信じられないよおお」

幼い秘裂へ滑らせた人差し指を、懸命にシュコシュコと出し入れする。

ほとんどヘアも生えていない清楚な割れ目は、生意気にも大量の蜜をこぼす。

「はあああ、もうダメええ、こんなのどうにかなっちゃううううう」

耳を澄ませ母の嬌声を聞きながら、杏華も絶頂への階梯を駆け上がる。

「おじさまああ、私にもおち×ぽくださいいい、早くあなたの物になりたいですうう」

ぴったり閉じられた処女の聖域を、早く雅也の男根に貫いてほしかった。

何度部屋へ乱入し、母といっしょに交わりたいと思ったかわからない。

しかし覗き見の罪悪感が、一線を越えることを踏み止まらせていた。

「真梨恵っ、そろそろいくぞっ、お前の膣内に、俺の精液をたっぷり出してやるっ」

「アンッ、嬉しい、雅也さんのおち×ぽミルクほしいっ、たくさん出してえええ」

腰の動きが速度を増し、打ち付けられれば終わりが近づいた証拠だった。

卑猥な水音、母の艶声、ベッドの軋む音が淫らな三重奏となり、妖しく盛り上げる。

真夜中のベッドルームに熱い吐息が充満し、最後の瞬間へ向けひた走る。

「イッちゃうのね、お母様、あんなはしたない声を出して、でもすごく綺麗」

官能に悶える母の横顔は、これまで見たどんな表情よりも美しかった。

男に組み敷かれ、剛直に犯される姿こそ、女がもっとも輝く瞬間だと確信する。

「私も早くあんなふうになりたいよお、おじさまのおち×ぽで、メチャクチャにしてえええ」

アイドルとは思えぬ少女の願いに、牡のピストンもさらに活力を得ていた。

猛然とスパートをかけ柔襞を抉り、子宮の奥の奥まで蹂躙する。

「はあっ、たまらんっ、イクぞ真梨恵っ、女社長のおま×こに、たっぷり出してやる」

「はああああん、早く出してええええええっ、私もイッちゃいそうなのおおおお」

「ぐうううっ、出るっ、セレブおま×こはたまらんっ、ち×ぽが止まらんぞおおおおっ！」

「私もイクッ、イッくうううう、ぶっといおち×ぽでイッちゃうううううううう」

獣の雄叫びにも似た声をあげ、絡み合う牡と牝は悦楽の頂点へ達する。

特濃牡汁を吐きつつ、極限まで膨らんだ男根は熟女の牝襞を犯し尽くす。

蠕動する未亡人の女壷は、溢れる白濁液の洪水を懸命に受け止めていた。

「ひゃあああんっ、私もイッちゃう、おじさまああっ、ふあああああんっ」

未体験の快楽に戸惑いながら、伸びやかな生娘の肢体もエクスタシーを迎える。

雅也の逸物に貫かれる妄想に浸りながら、ひたすら可憐な蜜園を弄くる。

「あああ、ふあああ、お母様、とっても素敵、おじさまに抱かれて一段と綺麗になったみたい」

ぐったりと寝そべりながら、事後もベッドで重なり合う二人を見つめている。

ひんやりした廊下の冷たさが、火照った若い肉体には心地よかった。

「ふうう、よかったぞ、真梨恵、お前のおま×こは最高だ。さすが、やり手の女社長だけはあるな」

「はふううん、雅也さんのおち×ぽもすごかったの。こんなにイカされたの、初めてよお」

夫とのセックスではありえなかった快感に、真梨恵は心底から満足していた。

目の焦点は合わず、胡乱な顔つきのまま、アクメの味を噛み締めている。

「当然だ、お前みたいなスケベな女じゃ、あのじいさんでは満足させられなかったろうしな」

「そんな言い方しないでえ、あっ、おち×ぽが抜けちゃううう」

ぬぽんっと剛直を引き抜き、男根の形に変形したおま×こは卑猥すぎた。

とろりとこぼれる牡の精が、完全に屈服されたことを表している。

「だが、まだ終わりじゃないぞ。俺のち×ぽは、これからだからな」

「ええっ、あああん、まだおち×ぽギンギンなのお、信じられないい」

驚く真梨恵に向け、隆々と反り返る肉竿を見せつける。

すべてが規格外の巨根は、二発の射精程度では収まるはずもなかった。

太さや大きさだけでなく、持続力までも亡夫とはまるで違っていた。

「次は、お前のおっぱいで鎮めてもらおうか、このけしからん爆乳でな」

「いやあああん、今度はおっぱいまで犯されちゃうう、おち×ぽとっても熱いい」

美熟女の上へまたがり、蜜と白濁液で汚れた剛直をIカップの間に差し挟む。

ギュッとスイカなみのおっぱいを押さえ、力強く腰を前後させる。

「そらいくぞっ、音無プロの女社長を、すべて俺色に塗り替えてやるっ」

「んふうう、ゆっくり動いてぇえ、熱さでおっぱいがどうにかなっちゃうのおおお」

ぬるぬると猥褻な音を響かせ、背徳のパイズリは続く。

夜の更けるのも忘れ、真梨恵と雅也は性の饗宴に夢中だった。

そんな二人をよそに、杏華は溜息を吐きつつ、そろりと立ち上がる。

「お母様、まだあんなにおじさまに犯されて、なのにとっても嬉しそう……」

初めてのアクメにガクガクする膝を騙しつつ、震える足取りで自室へ向かう。

ようやく戻り、扉を閉めても、いまだ絡み合う母の艶声が聞こえた気がした。

「はああ、身体が熱いよお、全身がビリビリして痛いぐらい」

ドサリとベッドへ身を投げ出し、深く大きな溜息を吐く。

「おじさまとお母様があんな、あんな関係だったなんて。裸で抱き合って、おち×ぽが、ああ」

一糸まとわぬ姿でまぐわい、牝の顔をする母の姿が脳裏に浮かぶ。

股間にそそり立つ陰茎の力強さが、少女の目に焼き付いて離れない。

夢だと思いたいが、いまだ覚めやらぬ絶頂の余韻が真実であることを物語る。

「どうしよう、こんなこと、どうしたらいいんだろう」

ゴロンと横になりながら、うっとりした瞳のまま独りごちていた。

「そうだ、沙由理さんなら、なにかいいお考えあるかもしれない」

杏華にとって清楚で知的な沙由理は、母と同じぐらい尊敬する女性でもあった。

早速スマホを取り出し、姉とも慕う女子大生へアプリで連絡を取ろうとする。
しかし、まるで待ち受けていたように、すぐに返事が届くことに驚く。
「あっ、もう通知が、こんな真夜中なのに……」
まさか、こんな即座に、しかも深夜に返信があるとは思わなかった。
怪訝に思うが、それも生真面目な沙由理の性格と思えば、むしろ心強い。
笑顔で受け答えをする少女は、運命が大きく変転することに気づいていなかった。

第五章　処女アイドル性玩具調教

　十一月にしては穏やかな陽気の午後、音無プロの事務所は興奮に湧き立っていた。

「おめでとうございます、社長」

「これで長年の苦労も報われましたね、音無社長っ」

「ありがとう、早速みんなでお祝いをしないとね。シャンペンでも買おうかしら」

　渦巻く熱気はフロア中に広がり、人も物もすべてが活気づいている。

　事務員である女性秘書たちが、高揚(こうよう)した調子で口々に社長である真梨恵を褒めそやす。

　彼女たちの輪の中で、楽しげに笑っている真梨恵は、年甲斐もなくはしゃいでいた。

「でもツアーの評判も上場だし、それも今回の受賞に影響したんじゃないでしょうか」

「そうそう、沙由理ちゃんや望美ちゃんのステージは鬼気迫ってたしね。もちろん、杏華お嬢様もですが」

音無プロ所属のヴィエルジュは、このたび業界内でも権威のある賞を受賞した。真梨恵の口からそれを聞かされた所員たちは仕事も忘れ、喜びに熱狂していたのだ。雑然と並べられたデスクやオフィス機器さえも、どこか華やいで見えた。

「でも本当の功労者は、私じゃなくてヴィエルジュの三人。そして従ってくれた、あなたたちよ」

「そんなあ、私たちなんて、ただ社長やヴィエルジュのお手伝いをしただけですからあ」

社員の手前、謙遜(けんそん)してみせるが、真梨恵は実に得意げだ。

女性にしては高めの鼻梁をいっそう顰め、悦に浸っていた。

「それで社長、いまツアー中の沙由理ちゃんたちには知らせたんでしょうか。きっと喜ぶと思いますよ。もちろん、杏華お嬢さんにもですが」

「そうね、彼女たちが宿泊してるホテルに連絡したほうがいいわね。あと記者会見の用意もしないと」

「了解しましたー、では早速ホテルのほうに連絡しますね」

真梨恵に劣らず得意げな秘書たちも、興奮から言葉が上ずっている。

沙由理たち三人は、ツアー中ということで、ある地方都市のホテルに滞在していた。

「あの子たち、どうしているのかしら、マスコミに付き纏われてなければいいけど。それに、あの男もいっしょなのよね……」

窓ガラスから遙か遠くを見つめる真梨恵の目は、どこか不安げだ。

スタッフとして同行しているある男のことが、ずっと気がかりだった。

無論、その男とは、雅也のことだった——。

*

風光明媚な地方都市は、雅也の経営するペンションの隣街に位置していた。

近い地理のため似た風景だが、平凡な市街に相応しからぬビルが聳え立つ。

「ふうん、ここが沙由理たちが泊まっているホテルか。たしかに造りだけは立派だな」

派手で壮麗な建築物は、近隣でも有名な高級ホテルだ。

秋の日差しを受け、午睡に耽るラウンジは煌びやかだが、雰囲気はのどかだ。

新たな観光名所として建てられた正面玄関を、偉そうにくぐり抜ける大男がいる。

「だがファンの姿はあまりないな、ずいぶん静かだ。まあ、ここに泊まってるのは秘密だしな」

浅黒い肌なスーツ姿の男、雅也は広いエントランスに入ればじろじろと値踏みする。

まるで不審者がいないか、警備に手抜かりがないかチェックする目つきだ。

「いちおう警備員もいるし、これならセキュリティは問題なさそうだ」

雅也はこのたびめでたく、プロデューサーとして復帰することとなった。

そこで真梨恵の要請を受け、ヴィエルジュのツアーに同行することにしたのだ。

「みんなは会場で稽古の最中かな。まあ、気が向いたら、あいつらの顔を見に行ってやろう」

真面目な勤務態度とはいえないが、あくまでも身分は嘱託のためだ。

他の社員の手前、正式復帰させるわけにはいかず、契約社員という肩書きだった。

「真梨恵め、一度クビにした俺を簡単に雇い直すわけにはいかないと抜かしやがって」

数日前の情事のあと、完全に屈服させたと思っていたが、まだ油断はならない。

熟れた未亡人を弄んで快感に溺れさせたが、まだ社長としての矜持は残っていた。

「それでもいいさ、これからどちらが上か教えていけばいいんだ。とりあえず、あいつらが戻ってくるまで休むとするか」

華やいだ間接照明の灯りを受けたカーペットを踏みしめながら、一服しようとする。

しかし胸の奥底で邪悪な企みをする男を、背後から見つめる眼差しがあった。

「おじさまっ、雅也おじさまですよね、お久しぶりですっ」

「うん？　君は」

突然かかる澄んだ声は、どこか聞き覚えのある麗しさだ。

驚き振り向けば、目の前には亜麻色の髪を靡かせた可憐な美少女がいた。

場所にそぐわぬ清楚なセーラー服姿の娘の顔は、忘れるはずもない。

「お待ちしていました、おじさま。お忘れですか、杏華です」

「ああ、杏華か。いや、もちろん覚えてるよ、久しぶりだねえ」

「はい、おじさまもお変わりなく、またお会いできて私も嬉しいです」

ぺこりと折り目正しく頭を下げる制服少女は、杏華だった。

背もずいぶん伸び、顔立ちも一年前よりだいぶ大人びている。

頬を染め、はにかんだ表情は、十五歳の娘とは思えぬ艶やかさだ。

「驚いたのは杏華が見違えたからさ。ずいぶん大きくなったじゃないか」

「くすっ、私だって来年はもう高校生になるんですよ。大きくもなります」

「そうだったな、いや悪かった。別に他意があったわけじゃないんだ」

ほぼ一年ぶりに顔を合わせた雅也は、願っていた少女との再会に感動する。

ビデオレターでも見たはずだが、実物は映像など比較にならぬほど美しい。

あどけない面立ちはそのままに、白く艶やかな容姿は想像以上に大人びていた。

「しかし本当に綺麗になった。その美しさと嫋やかさは社長、いや母親譲りだね」

「まあ、おじさまったらお上手です。昔は私を子供扱いしてからかっていたのに」

年頃らしく、母親とよく似た長い睫毛を震わせ、コロコロとよく笑う。

つい先日、その母と淫らに交わっていたのだが。

杏華も無論、そのことは承知しているが、素知らぬふうでおくびにも出さない。

「そりゃあ妹みたいなものだったからな。よく泣いて駄々をこねていたじゃないか」

「もう、昔の話はいいじゃないですかあ。おじさまったら、けっこう意地悪ですぅ」

「はっはっは、悪かったよ。杏華は綺麗だから、ついからかいたくなるのさ」

品のよい冗談に、少女は頬に手を当て赤らめる。

その仕草は、かつて是非にも妻にしたいと願った可憐さだ。

すらりとした肢体に、よく発育したバストや腰つきに、男の視線は釘付けだった。

「おっと、言い忘れたが、俺がここへ来たのは社長の要望でね……」

「ええ、存じています。母や沙由理さんから、お話は聞きましたから」

話を遮り、なにもかも承知した様子で杏華は頷く。

賢げな瞳を煌めかせ、細く華奢な顎を揺らしている。

「なんだ、知っていたのかい。せっかくいきなり目の前に現れて、驚かそうと思っていたのに」

実は杏華には、いままで自分を復帰したことを知らせないでいた。

それは少女の驚く顔が見たという、子供じみた悪戯心ゆえだった。

しかし、そんな思惑はとっくに筒抜けだったことに、少々拍子抜けする。

「うふふ、おじさまのことをいつでも思っていたんですもの。なにがあっても驚きはしません」

「そうか、それなら話が早い。今日はここのホテルに泊まるんだろう？」

「はい、お母様、じゃなくて社長がよい部屋を取ってくれたみたいで、すごく広くて綺麗なんですよ」

箱入り娘の杏華は親元を離れて旅行することなど、ほとんどなかった。

そのため今回のツアーには、人一倍興奮しているようだ。

「その社長に頼まれてね、ヴィエルジュの面倒を見るように言われたのさ」

「では、おじさまが事務所に復帰するというお話は、やはり事実だったんですねっ」

「そういうことさ、また杏華たちの世話をすることになった。よろしく頼むよ」

復帰を告げれば、あどけない容貌がさらに華やぐ。

雅也の帰還が一時的なものでないとわかった瞬間、跳ね上がらんばかりに喜ぶ。

「うわあ、すごく嬉しいです。おじさまとまたいっしょにいられるなんて、夢みたいですう」

「こらこら、こんなところで騒ぐんじゃない。ヴィエルジュは、いまや知らぬもののないアイドルだろうに」

満面の笑みではしゃぐ少女を見れば、プロデューサーとしては窘めねばならない。

しかし天使のような容姿のアイドルが跳ねるさまに、つい見蕩れてしまう。

「ではまず、お部屋から案内しますね。さあ、こっちへいらしてください」

「おい、いきなりなにを、そんなに引っ張るんじゃない」

腕に手を掛け、まるで恋人同士にみたいに雅也を引っ張ってゆく。

といっても体格差があるせいか、子供が大人にじゃれついてるふうにしか見えない。

「すごく素敵なお部屋なんですよ、おじさまも気に入ってもらえます」

「まったく、そういうところはまだまだ子供だなあ。最初は見違えたと思ったのに」

「うふ、だっておじさまと会えたんですもの。私にとっては、今日が人生最良の日なんです」

自分との再会を待ち望んでいた少女の姿に、雅也の胸は熱くなる。

こんな気持ちになるのは、久しく忘れていたことだった。

「ところで、なぜ杏華一人でここにいるんだ。まだ舞台のリハーサル中じゃないのか?」

「ええっ、うう、それは、その……」

ふと感じた疑問を口にすれば、杏華は急に口ごもる。

ばつの悪げな顔を浮かべ、許しを請うように上目づかいになる。

「実は具合が悪いって、途中で抜けてきたんです。おじさまがここに来る時間はわかっていましたから」

「おいおい、まさかサボりなのか。杏華は真面目だと思ってたが、意外と大胆な真似をするな」

「ごめんなさい。おじさまと再会できると思ったら私、いても立ってもいられなくて」

メンバー中の誰よりも生真面目で、ひたむきな杏華にしては珍しいことだった。

社長の娘という七光りを否定するため、必死にアイドル活動に取り組んできたのだ。

それは傍で見守ってきた雅也が、一番よく知っていた。

「しょうがない、それはあとで考えよう、顔を上げておくれ」

しゅんと細い肩をすくめ項垂れる少女の姿に、怒る気もなくなる。

かつてよくしていたふうに頭へ大きな手のひらを乗せ、ナデナデしながら励ましてやる。

「あっ、おじさま、くすぐったいですう、んんん」

兄とも慕う人物から慰められて、表情には再び笑みがこぼれる。

思えば杏華は、子供の頃からこのナデナデが大好きだった。

太い腕に子猫みたいに甘えてくれば、つい頰も緩んでしまう。

「ふう、おとなしくなってよかったよかった。では部屋まで案内してもらえるかな」

「おじさま、はいっ、こちらですう、うふふ」

仲よく肩を抱き合いながら、エレベータへと向かう。

二メートル近くある巨漢と現役アイドルの組み合わせは、どこかアンバランスではあった。

髭面の大男と制服姿の中学生では、どう見ても親子連れにしか見えない。

「そういえば、おじさまはどうされるんですか。このホテルに泊まられるんですか？」

「いや、俺の家はこの近くだからね。車を飛ばせば三十分で着くから必要ないよ」

「そうなんですか。おじさまといっしょに、お泊まりしたかったなあ」

狭いエレベータ内で、世間話に花を咲かせる。

無垢な少女の横顔を見ていれば、雅也の胸にある憎しみも浄化されるようだ。

久しぶりの再会のせいか、杏華は聞きたいことが山ほどあるみたいだった。

「ふふ、やっぱりまだ子供だな、杏華は。その分じゃ、まだ寝るときに、ぬいぐるみを抱いてるんじゃないか？」

「むうっ、子供じゃありませんっ、ぬいぐるみを抱くのも、たまにぐらいですから」

「ははは、やっぱりまだ抱いてるんじゃないか。そういうところは子供のままだな」

「ええっ、うう、それはあ、おじさまも意地悪なところはそのままですう、あっ？」

図星だったらしく、声をあげて反論するが、すぐ顔を赤くして黙ってしまう。

泣き顔になりそうな少女を見れば、いじめるのは雅也の本意ではない。

お詫びに肩を強く抱き寄せ、恋人にするように耳元で優しく囁く。

「悪かったな、久しぶりだから少しからかいすぎた。本当は俺も、お前と会えて嬉しいよ」

「おじさま……はい、私もお会いしたかったです、ずっと、ずっと」

人気のないエレベータでも、さすがにアイドルと抱き合うのは大胆すぎた。

とはいえ、杏華も逞しい胸の内に抱きしめられ、瞳をうっとりさせている。

いいムードに浸りつつ宿泊する部屋へたどり着けば、その豪華さに目を見張る。

「ほう、いい部屋じゃないか。スウィートルームとはいかないが、数日程度なら十分だろう」

広いダブルのベッドに窓から覗く風景は、ひとときの休憩場として最適だ。

しかし肩を抱かれた密着している少女としては、景色を見るどころではなかった。

「おじさま、あの、その……」

顔を赤くしたままの杏華は、蚊の鳴きそうな声で訴える。

細い身体は羞恥から震え、胸元のリボンも戸惑いを表すように揺れていた。

「うん、どうした、おおっ、少し近づきすぎたかな、すまない」

「いいえ、いいんです、ずっと、おじさまに抱かれていたい……」

慌てて離れようとするが、少女は腕にすがりついて離れない。

雅也に肩を抱かれたときから、こうだった。

「杏華、どうしたんだ？　元気がなさそうだが」

「いえ、ご心配なく、具合は悪くありません」

思い詰めた真剣な眼差しは、別に具合が悪いわけではなさそうだ。

紅潮した頬は、なにかを期待して熱く一途に見つめてくる。

「むしろ、このときを待っていたんです。おじさまと、二人きりになれるときを」

「俺とかい？　それは光栄だが、でもどうして、んんんっ」

「んふうん、おじさまあ、んんんっ」

怪訝に思い顔を覗き込もうとするが、いきなり少女のほうから口づけをしてくる。

「あふっ、んううう、好きです、むちゅううう」

精一杯背伸びをして、首に腕を掛け懸命に愛の告白をする。

ただ唇を重ねるだけの幼いキスだが、そこには少女の真心が籠っていた。

「んふう、ふはああ、キス、してしまいました、おじさまと」

たっぷりと数分はキスの快楽を貪ったあと、ようやく離れる。

「杏華、どうしたんだ？　いきなり、こんなことをするなんて」

さしもの雅也も、唐突なキスに驚く。

目をとろんとさせた杏華は、積年の思いを遂げた表情で、にっこり微笑んでいる。

「ごめんなさい、おじさまとお会いしたら、もう我慢できなくて。ずっと辛抱していたんです」

「俺とキスをすることをかい。しかし突然だな」

「んん、だって、沙由理さんに相談したら、こうしなさいって教えられたんです」

沙由理の名が出たことで、雅也も多少は上ずった口調になる。

「沙由理が？　それでキスをするとは、まだ中学生の杏華には少し早すぎるんじゃないか」

「いいえ、早くなんてありませんっ、私、お母様に負けたくなかったんですっ」

伏し目がちに語る少女は、いままで感情が爆発するのを必死で抑えていたのだろう。

人形のようなあどけない容貌を暗く沈めたまま、心情を吐露する。

「私、見てしまったんです。一週間前の夜、お屋敷でおじさまが、お母様と、その、あの……」

「ほう、そうか、あれを見てしまったのか。俺と真梨恵のセックスを」

「はい、真夜中のベッドでお母様とおじさまが、あんなことをしていたなんて……」

衝撃の事実を告げられても、雅也は取り乱したふうには見えない。

むしろ母の名を呼び捨てにされ、不遜な態度に杏華のほうが戸惑う。

「それで、杏華はどう思ったんだい？　俺と真梨恵のセックスを見て」

「ああ、だってどうしたらいいかわからなくて。沙由理さんに相談したら、今度は私から迫ればいいって言われたんです」

リーダーであり、清楚で知的な沙由理は杏華から姉とも慕われる存在だった。

ショッキングな場面に遭遇して、どうしたらよいか相談するのは当然だった。

「沙由理がねえ、でもいきなりキスするなんて大胆すぎるな」

「ごめんなさい、でもそうしないと私、お母様におじさまを奪われたくなくて……えっ、きゃあっ」

恥じらいのあまり頬に手を当てる少女を、いきなりお姫様抱っこで持ち上げる。

「あの、おじさま、なにをっ、ひゃんっ」

「黙っているんだ、いま杏華が望んでいることをしてあげるよ」

人形のように美しい少女は、たちまち逞しい男の腕の中へ絡め取られる。

抵抗することもなく、胸中の小鳥はおとなしくしていた。

「杏華、柔らかくて軽くて、いい匂いがするな」

「アンッ、くすぐったいですう、でもなんだかいい気持ち」

「こうして、お前をずっと抱きしめたかった。少しこのままでいさせてくれ」

「はい、わかりました。少しと言わず、ずっとこのままで……」

横抱きにしたまま、艶やかな亜麻色の髪の香りを存分に楽しむ。

少女はたちまち首をすくめるも、どこか嬉しげだ。

愛しい人から受けるスキンシップを、待ち望んでいたからだった。

「お前は昔から綺麗だったな。そのはにかんだ顔も、この白く細い身体も」

「嬉しい、もっと褒めてください。おじさまにそう言われるだけで、どうにかなっちゃいそう」

杏華の華奢で色白な肢体は、存在自体が一級の芸術品だ。

象牙細工みたいな細い手足は、男に鑑賞されるために存在していた。

胸に抱いた少女のぬくもりを感じつつ、時が経つも忘れ真摯に見つめ合う。

「おじさま、好きです。私、子供の頃からずっとおじさまが好きでした」

「俺も、お前がほしかった。ずっと、それだけを考えていたんだ」

「ああ、夢みたい。おじさまに、そんなふうに言ってもらえるなんて、んんむうう っ」

愛の囁きとともに、今度は雅也のほうから唇を奪っていた。

先程とは違う、舌を絡める大人のキスで激しく吸い立てる。

「ぬふっ、杏華の口は美味しいな、とてもまろやかだ」

「んんんうっ、おじさまっ、あんんんんっ」

杏華も必死で舌を差し出し、男の欲望を受けとめようとする。

昼下がりのホテルの一室は、いつしか甘ったるい雰囲気に変容していた。

緩やかな風がカーテンを揺らし、亜麻色の髪をふわりと撫でつける。

「むふう、いいのか、杏華」

「んちうう、はい、そのために私、覚悟してきたんです。今日、おじさまに抱かれようって」

コクリと頷く杏華の眼差しは、真剣だった。

いじらしい乙女の思いを感ずれば、男としてそれに応えないわけにはいかない。

「わかったよ、杏華が自分で決めたのなら、俺も覚悟を決めないとな」

雅也の目的は無論、杏華を我が物にすることだが、時間はもっとかかると思っていた。

しかし胸中に獲物が飛び込んできてくれた以上、据え膳を食わぬ選択はありえない。

「俺も、お前がほしい、いますぐにな」

「ええ、おじさまの物にしてくださいい、ひゃあっ」

キスの興奮から、胸中には黒々とした肉欲が渦巻く。

少女の返事を待たず、豪奢なダブルベッドへぽよんと寝かせてあげる。

セーラー服の女子中学生がシーツの上で弾む姿は、ユーモラスではあった。

「はああ、おじさま……」

「ふふ、綺麗だぞ、まるで人形のようだ」

「んん、でも私、お母様ほどスタイルもよくないし、胸だって……」

「気に病むことはない、杏華はいまが一番美しいんだ。さあ、お前のすべてを見せてくれ」

「アアンッ、そこは触ったらダメですうっ」

しゅるりと首元のリボンを外せば、いともたやすく制服を脱がされてしまう。

無骨な男の手が触れても、抵抗はしなかった。

「かわいいセーラー服を脱がすのは気が引けるが、お前の裸を見ていいのは俺だけだからな」

「いやああん、おじさまのエッチい、ううっ、すごく恥ずかしいですう、あああんっ」

いやらしい手つきの男の腕が、ついにプリーツスカートすら下ろす。

たちまち純白のブラとショーツを纏っただけの天使が、眼前に現れる。

「アン、見ないでくださいこんな姿を見られて死んじゃいそうですぅ」

少女は腕で胸を隠しつつ、顔を真っ赤にして身をよじっていた。

いかにも初々しげな仕草は、魅惑のボディ以上に男の目を楽しませる。

「そうだな、杏華だけが裸じゃ恥ずかしいよな。では、俺も見せてやらないとな」

「ええ？　ひゃあっ、いきなりそんな脱がれてもおっ」

言うや、ネクタイを緩め、雅也もゴソゴソと服を脱ぐ。

シャツの下から現れる鍛え抜かれた肉体は、乙女を抱くに相応しい威容だ。

「ああ、それがおじさまの、んんっ、すごく逞しいですぅ」

「杏華の身体もかわいいぞ。よく育ってるじゃないか」

眼前に聳える男の肉体に、少女の声も期待に上ずっている。

幼い杏華は、この日が来るのをずっと待っていたのだ。

「とくに、おっぱいはずいぶん大きくなったな。一年前とまるで違う」

「はんんっ、そんなにムニュムニュされたらあ、強くしないでください」

フリルで飾られた甘々なブラを愛撫すれば、かわいい悲鳴があがる。

ゴム鞠のように弾むおっぱいは、いまだ誰の手に触れられていない聖域だった。

「うん、実にいい手触りだ、いったい何センチになったんだい？」

「アアン、恥ずかしいよお、九十センチの、カップはFなのお」

「おおっ、それはすごい。まだ中学三年生でそこまでとは、杏華は将来有望だな」

沙由理や望美といった爆乳娘と比べれば小ぶりだが、十分巨乳の部類である。

華奢な八頭身美少女なのに、出るべきところはしっかり出ている。

「でも、沙由理さんや望美さんに比べたら、まだまだ子供っぽいの、ぐすん」

「そんなことはない、杏華のおっぱいは触り心地も極上だ。俺が保証するぞ」

「それは……お母様よりも、ですか？」

雅也の褒め言葉に、気になっていた言葉を口にする。

あの夜交わっていた母は、幼い娘にコンプクレックスを抱かせるほどの爆乳だった。

つい母と張り合ってしまうのは、雅也を愛するゆえ仕方のないことだ。

「杏華……そんなふうに気にしなくてもいい。お前のおっぱいは、他の誰にもない魅力がある」

「本当ですか、ああんっ、ブラをずらしちゃダメえええっ」

ぽよよんっと慎ましげな音を立てながら、Fカップのバストが露になる。

あまりに可憐な桃色乳首が、男の視線に耐えかね、ふるふると揺れていた。

「はあ、なんて美味しそうなんだ。杏華は最高のアイドルだよ、誰よりもな」

「ううっ、ホントに本当ですかあ？」

「本当だとも、お前は世界一美しい。俺が愛する、ただ一人の美少女だっ」

その言葉に偽りはなかった。

さんざんアイドルを手籠めにしてきた雅也だが、杏華への思いだけは真実だ。

「俺がプロデューサーを目指したのも、幼いお前を見て、その美しさに囚われたからなんだ」

「そうなんだ、ああ、嬉しくって涙が出そうですう」

告白を受けた少女は、心底から幸福に染まった表情を浮かべる。

愛しい人の賞賛ほど、女を感動させるものはなかった。

「私、もうどうなってもいいの、その言葉が聞けて、ふえっ、ひゃああんっ」

目に涙を浮かべる少女に満足しつつ、いきなり乳房へ吸い付く。

「いまから、それを証明してやるぞ、んむうう」

「キャンッ、おじさまに私のおっぱいチュウチュウされてますううう」

はしたない音を立て、ピンクの過敏な乳頭を舌で転がしてあげる。

少女も生まれて初めての感覚に、しなやかな背筋を目いっぱいに反らせる。

「ああ、なんでしょうか、おじさまにキスされて、身体がおかしいの、はあああん」

「杏華の身体はどこも美しい、ずっとしゃぶってあげたくなる」

「ひゃんっ、強くしたらダメですううう」

穏やかな日差しを浴び、十五歳の美少女が官能に染まった艶声をあげる。

十歳以上も年上の大男と交わっているのは、いまをときめくアイドルだった。

「ぬふう、かわいい乳首が勃起してきたな。やはり杏華は感じやすい」

「いやあん、おじさまがいやらしくチュッチュするからですう、あはあああんっ」

生意気な乳首がぷっくり浮かべば、繊細なウエストも揺れている。

あどけない少女が熊のような体軀の男に犯されるさまは、背徳的ですらあった。

「おっぱいも、感度も申し分ない。杏華は理想のアイドルになれる素質がある」

「はいい、立派なアイドルにしていただきたいですう、もっとしてえええええ」

小ぶりなお口は快感でだらしなく開き、もっとしてほしいとせがむ。

まだ中学生というのに母と同じか、それ以上に乱れてしまう。

「よしよし、では本格的にアイドル指導をしてやろう、ここからな」

「あっ、おじさま、なにをっ、ひあああああんっ」

たわわな膨らみを弄んでいた手のひらが、ついに乙女の最後の秘密を暴こうとする。

純白のショーツに守られている秘所へ、無粋な指が伸びる。

「はあああんっ、そこはあああああっ」

「うむ、やはり濡れているな。こんな清楚なショーツなのに、いやらしいことだ」

「お願い、そこは強くしたら、あふううん」

布越しにもっとも感じやすい場所を刺激され、部屋中に響く金切り声をあげる。

「おお、すごいなあ、この濡れよう。感じやすさは真梨恵以上かもしれない」

「いやあ、お母様と比べないでください」

荒々しく男に組み敷かれながらも、切なく訴える。

いま愛されているのは自分という思いから、母の名を口にしてほしくなかった。

一途な眼差しで見上げてくる少女に、雅也も申し訳ない気分になる。

「すまんな、まさか初めてで、こんなに濡れるとは思わなかった。お詫びに、もっと見てあげような」

「ええっ、ふひゃあああん、脱がしちゃダメですうううう」

痛切な訴えを無視して、薄絹が引き下ろされる。

するりと脱がせば、手に絡み付く湿った布帛は芳醇な処女の香りがした。

「お願いです、おじさま、もうこれ以上は、ひゃあああん」

「では清純派アイドルの具合を確認してやろう。おお、すごいな、これが杏華のおま×こか」

「やあああん、ダメえぇっ、こんなのってえええええ」

足首を摑み、お股を押し広げれば、極上の美世界が確認できる。

ぴったりと閉じられた密やかな割れ目は、ヴィエルジュの誰よりも慎ましい。

ほぼ無毛の秘裂はまだ誰にも汚されていない、文字どおりの処女地だった。

「ううむ、毛もほとんど生えていないのに、しっとりと濡れている。子供のくせに、いやらしいおま×こだな」

「ぐすっ、ふえぇん、おじさまにすべてを見られてしまいましたあ」

覚悟していたとはいえ、愛する人にもっとも恥ずかしい秘所を見られたのだ。

乙女の杏華にとって、死にたいほどの恥辱に襲われるのも無理はない。

羞恥から顔を手で覆い、必死に耐える姿は胸がざわつくほどに愛らしかった。

「恥ずかしがらなくてもいい。こんな綺麗なおま×こを見たのは、俺も初めてだからな」

「そんなふうに言われてもお、おじさまだから恥ずかしいんですう」

「だが照れる姿もかわいいぞ、中はどうなってるかなあ」

「アンッ、きゃあああんっ、指でしちゃイヤあああああっ」

ぬちゅっといやらしい音を立て、ゴツい人差し指が秘唇を汚す。

幼い蜜園は野太い指など、ただの一本すら入る余裕もない。

秘めやかに閉じられた小陰唇の周りを、丹念に愛撫するしかできなかった。

「んくううっ、痛い、ですう、それ以上は、はあああん」

「わかってるよ、杏華はきっと、おま×こに指だって入れたことはないんだよな。大事にするから安心してくれ」

「おじさま、んんっ、やっぱり優しいですう」

頭を撫でながら頬へ優しくキスしてやれば、杏華も安らいだ表情へ戻る。

涙でにじんだ少女の顔は、無理やり犯すには躊躇われるほどの神聖さだ。

「しかし指一本すら入らないとはなあ。どうやら念入りにほぐさないとダメだな」

「はああ、ほぐすって、どうするんですかあ、ふあああああんっ」

「ふふ、指がダメなら俺の口で濡らしてあげよう、んむううう」

「ひああんっ、おじさまのお口が、私の大事なところにいいいいいっ」

見られるだけでも恥ずかしい秘割れを、今度はぬめる舌に襲われていた。

乙女の聖域は遠慮のない舌技により、無慈悲にこじ開けられそうになる。

「いやあん、ふえええん、こんなのダメえええ、私の身体になにか入ってきますう」

「ああ、舐めて舐めても蜜が溢れてくるな。こんなに清楚なのにまったくいやらしい」

「くうっ、やめてくださいいい、それ以上は入りませええええんっ」

クニュリと差し込まれた舌だが、秘密の入り口をこじ開けるほどではない。

しかし生まれて初めての異物挿入に、少女の華奢な肢体はビクビクと痙攣していた。

「でも杏華のおま×こは濡れてきたぞ。やはりペロペロされて感じているみたいだな」

「そんなことっ、でもなんだかおかしいんですう、恥ずかしいのに身体が熱くて、ビリビリしちゃうんですうううっ」

未体験の性感への戸惑いから、少女は混乱し身悶える。

愛しい男から受ける快感と衝撃に、幼い身体は翻弄されるだけだ。

「はあはあ、嫌がらなくていい。杏華のかわいいおま×こは、こんなに喜んでいるぞ」

「喜ぶなんてっ、でも、お口でチュウチュウされるなんて初めてですううう」

イヤイヤと首を振る少女は、自身の変容が信じられないみたいだ。

しかし敏感なお股を舌でいじめられ、はしたない声を漏らす喜びに目覚めてしまう。

「割れ目もかわいいが、ここはもっとかわいいなあ、いつまでしゃぶりたくなる」

「ひあああんっ、そこだけはダメですううううっ」

ほんのわずかにそよいだ若草の下、かすかに息づくクリトリスがしこり立つ。

くりっとすぼめた舌で過敏なお豆を刺激され、飛び上がらんばかりに驚く。

陰核への刺激を契機として、恥ずかしい蜜は喉を潤すほど大量に溢れ出す。

「アアアンッ、もうどうにかなっちゃうううっ、おじさまっ、おじさまあああ
あああっ」

雅也の名を呼びながら、十五歳の美少女アイドルは肉の喜びを爆発させていた。

ビクビクンと身体は躍動し、男から与えられた快感を最大限に貪る。

「あああ、はあああ、なんだか変になっちゃいましたあああ」

「どうやら軽くイッたみたいだな。感じやすいようで、なによりだよ」

「うう、イクって、こういうことなんですね……私、エッチになっちゃったよお」

小鼻を赤く染めながら、少女は幼い絶頂を味わっている。

未熟な痴態にムラムラとドス黒い欲望がこみ上げ、男の証で征服しろと唆（そそのか）す。

「だが、まだ終わりじゃないぞ。俺のち×ぽは、これぐらいじゃ満足してないからな」

「ええっ、きゃあああっ」

ニヤリと笑えば、パンツから盛り上がった怒張を見せつける。

ありえないほど膨らんだ布地を下ろせば、たちまちボロンッと巨根が出現する。

「ひいっ、あああん、いやああああっ、怖いですううっ」

眼前を埋め尽くす巨大な肉塊に、声にならない悲鳴をあげる。

少女の太股ほどはありそうな逸物に、本能的な恐怖を覚えてしまう。

それは、あの夜垣間見た、母を貫いた剛直よりも遥かに太く大きく見えた。

「ひゃうんっ、そんな大きいなんて信じられませええん」

「おや、俺と真梨恵が愛し合ってるところを見たんじゃないのかい？　これぐらいで驚くとは」

「だってえ、大きさまではよくわからなかったんですものお」

ドアの隙間から見た程度では、牡のシンボルの大きさはよくわからなかった。

こうして間近に聳える肉茎の雄々しさに、生娘は絶句していた。

「なら、もっと近くで見るといい。これがいまから、お前の中へ入るんだ」

「ああぁん、いやああ、無理ですぅうう」

つい顔を背けてしまいそうになるが、無論雅也は許さない。

ぐっと肩を押さえつけ、ベッドの上で縮こまる少女へのしかかる。

「きゃんっ、ああ、おじさまあ、はあああんっ、硬いのがあたってますぅううううっ」

細い太股を目いっぱい広げれば、おま×こはお漏らししたみたいに濡れている。

楚々とした秘裂を満足げに見つめ、唸りをあげる極太ち×ぽを添える。

「はあ、いまから杏華のおま×こを貫くんだ、俺のち×ぽでなあ」

「ひゃああ、ふええん、こんなの大きいなんてええぇ」

ついに望んでいた美少女との交合が叶い、感慨から雅也の声も上ずっている。

「うう、怖いい、でも、おじさまのおち×ぽなんですもの、我慢してみせますぅ」

震えていた杏華も大きな息を吐くと同時に、平静を取り戻す。

真摯に雅也を見上げ、男に貫かれる覚悟を定めたようだった。

「いいのか、もっと怖がってもいいんだぞ?」

「いいえ、おじさまと一つになれるんですもの、私、耐えてみせます」

「杏華……」

愛する人と結ばれるためなら、どんな痛みも乗り越えてみせる。

健気な決意を感ずれば、雅也の胸中にもはドス黒い欲望以外の感情が芽生えてくる。

「ああ、杏華、愛してるぞ」

「アン、嬉しい、私もおじさまを愛してますう」

事務所を追放され、少女と引き離されたときは、この世界への憎しみしかなかった。

だが、愛する娘の純粋な思いを受け、渦巻く邪念が浄化されてゆく。

「心の底から、お前がほしい。俺のち×ぽでメチャクチャにしてやりたい」

「んんう、きてください、早くあなたの物にしてほしいの」

柔らかな頬を撫でてあげれば、いつの間にか少女の瞳も潤んでいる。

誘うよう腕を伸ばし、愛する人との結合を求めてくる。

「ああっ、杏華っ、んむうううううっ」

「あふっ、んふうっ、むちゅうううう、おじさまあああぁ」

いじらしい少女の仕草に欲望を抑えられず、可憐な桜色の唇を奪っていた。

ぬろぬろと舌を擦り合わせ一つに重なれば、脈打つ怒張で蜜園を圧迫する。

「はああ、いくぞ、いまち×ぽを入れるからなっ」

「んふっ、んちゅうう、ああ、硬いおち×ぽが入ってきますうううっ」

ぐぐっと腰に力を込め、ついに処女の聖域を切り裂く。

汚れない花園は侵略者の手により、無残にも散らされようとしてた。

「んぐうっ、ひぎぃいっ、んはあああん、痛いですうううっ」

「ぬぐうっ、なんてきつさだっ、これが杏華のおま×こなのかっ」

「お願いおじさまあ、これ以上はもう、はあああっ」

途端、痛切な声があがり、薔薇色の空間を悲壮な色に染める。

同じ処女だった沙由理より、遥かにきつく閉じられた秘孔は牡の侵略を許さない。

「ふう、こんな渋いとは思わなかった。さすが中学生のおま×こだ、だがっ」

「アンッ、おじさま、もっとゆっくりぃ、はひぃいんっ」

しかし、ここまでした以上、あとへ引くわけにはいなかった。

心の中で少女に詫びつつ、がしりと肩を摑み、渾身の力で腰を突き出す。

さんざ抵抗した処女膜を、ズニュンッと卑猥な音を立てつつ貫き通す。

「ひぎぃい、ひゃあああん、ダメえええっ、裂けちゃううううううっ」

「ぐおおおっ、ついにやったっ、杏華の処女膜を破ったんだっ、俺のち×ぽがなっ」

少女の悲鳴と野獣の咆哮が同時に轟く。

並外れた巨根が可憐なつぼみを押し広げ、ついに聖域への侵入を果たす。

純潔を散らされ、痛苦に喘いでいるのは、まだ十五歳の美少女アイドルだった。

「ひいいん、うええええん、ああああ」

「はあはあ、いいぞ、杏華、お前こそ俺が求めてきた真のアイドルだっ」

「はううん、嬉しい、ですう、おじさまに褒めていただいてえええ」

破瓜（はか）の衝撃と感動から、少女の意識は徐々に混濁してゆく。

全身を貫く激痛が感覚を狂わせ、瞼は徐々に重くなる。

「うん？　どうした、おい、しっかりしろ、杏華っ」

「ひゃううん、おじさまあああ……」

自身を呼ぶ男の声に満足しながら、安堵の息をついた杏華は気を失う。

処女を捧げたことを喜びつつ、いつしか深い無意識の底へ沈んでいた――。

「あら、ご主人様ったら、ついに杏華に手を出しちゃったのね。まだ中学生なのにい」

「ちょっとかわいそうです、杏華ちゃんは子供なのに」

薄暗いまどろみのなか、聖なる儀式を終えた少女を褒めそやす声が耳を突く。

「んんん、うんんん、誰、ですか……」

秋の陽気に相応しい賑やかな雰囲気に、杏華は意識を取り戻そうとしていた。

「ふえぇ、あれ、ここは……」

「あら、やっと起きたみたいね」

「ふふ、お姫様がお目覚めのようですよ、雅也さん」

「そうだな、どうやら大丈夫そうだな、杏華」

「ええ、おじさま、それに沙由理さんや望美さん？」

ようやく意識を取り戻せば、杏華の眼前に純潔を捧げた愛しい人の顔が浮かぶ。

さらに周りには、見るも鮮やかな衣装姿の沙由理と望美が両脇から覗き込んでいた。

「私、どうして、きゃっ、あああっ、いやああっ」

ベッドの上で、全裸で男と重なっているところを同僚たちに見られたのだ。

そんなあられもない姿では、羞恥から悲鳴をあげるのも当然だろう。

「アンッ、沙由理さん、望美さん、見ないでくださあああい」

「こらこら、動くとち×ぽが外れてしまうぞ。それにしても、エラい締めつけだなあ」

「ううっ、痛っ、そうでした、まだおじさまのおち×ぽが、私の中にありますう」

少女の膣内には、いまだ猛々しい男根が埋め込まれたままだ。

痛みはだいぶ鈍磨しているが、それでも全身を押し潰す異物感はすさまじい。

「くす、恥ずかしがらなくてもいいのよ、杏華ちゃん。私たちも同じなんだから」

「そうそう、いっしょにご主人様にかわいがってもらいましょうね」

「沙由理さん、望美さん、どういうことですか」

ベッドに腰掛け、朗らかな笑みの沙由理たちは取り乱す杏華を優しく諭（さと）す。

杏華が雅也とセックスしたことを、我がことのように祝福してくれる。

「それに、どうやって部屋の中へ、アンッ、なにこれえっ、首になにかはまってるのおおっ」

気づけばいつの間にか、杏華の首には鎖付きの首輪が巻かれている。

ジャラリと重たげにぶら下がるそれは、淫靡な儀式のなか、禍々（まがまが）しく光る。

「ふふ、よく似合ってるぞ。やはりこの首輪は、お前にぴったりだ」

「ホント、犬っぽい杏華には首輪がよく似合ってるわあ」

「二人とも、からかっちゃダメよ。でも、その姿もかわいいかも」

「ひゃあん、こんなのいやあ、おじさま、なんでこんなことをするんですかあ」

よく見れば沙由理も望美も、杏華と同様のモノをつけている。

二人ともステージ用の華美な衣装姿のせいか、革の首輪がいっそう異質に見える。

「言ったろう、お前を俺だけのアイドルにするって。これはそのために必要なんだ」

「そんなあ、いやああんっ、外してくださいいいっ」

いきなり沙由理たちに乱入され、あげくに首輪まではめられている。

幼い少女の頭ではパニックになってしまうのも無理はなかった。

「もう、いじめちゃダメですよお、雅也さん、ちゃんと説明してあげないと」

「ぐすん、沙由理さあん、いったいどういうことなんですかあ」

青い瞳を煌めかせ、慈愛に満ちた沙由理が真相を話してくれる。

「あのね、杏華ちゃん、あなたから相談受けて、そのことを雅也さんにしゃべったのは私なの」

「えええええっ、そんなあっ」

信頼できる人物と見込んで相談したのに、とっくに筒抜けだったことに驚く。

今日このホテルで、雅也を待ち受けていたことはすでにみんなに知られていたのだ。

「ごめんなさい。でも杏華ちゃんのことを考えたら、こうするのが一番正しいと思ったの」

「そういうことだ、別に騙したわけじゃないぞ。俺も杏華を手に入れたかったしな」

「ああん、おじさまったら、全部知っていらしたんですねえ」

最初から雅也の計略にはめられていたのだが、なぜか悪い気分はしなかった。

姉妹のように仲のいい沙由理たちならば、秘密を共有してもいいと思えた。

「杏華だってご主人様が大好きで、バージン捧げちゃったんでしょ？　なにも問題ないじゃない」

悪戯っぽい笑みで覗き込む望美は、なんだか嬉しげだ。

この淫らなアイドルの集いに仲間が増えたことを、本心から喜んでいた。

「望美さんたらあ、それはそうですけどお、アアンッ、おじさまあっ」

「ぬふふ、つべこべ言うより、お前を俺のち×ぽの物にしてしまえばすべて解決する、いくぞおっ」

「きゃああんっ、おじさまあっ、いきなりズンズンしないでえええっ」

会話を遮り猛然とピストンが再開される。

獣のまぐわいのように腰を動かし、ジュブジュブと処女孔を犯す。

「雅也さん、杏華ちゃんはまだ中学生で初めてなんですよ。優しくしてあげないと」

「あらあ、でも杏華はすっごく嬉しいみたいよお、沙由理」

「アンッ、アンンッ、いいの、おじさまのおち×ぽ、すごくいいのおおっ」

猛々しい突き込みに、汚れない花園は無慈悲に攪拌されてゆく。

しかし初めてはずの少女は、激しいピストンを嬉々として受け入れていた。

「きゃううんっ、逞しいおち×ぽ好きいい、もっとしてえええ」

「ふふふ、杏華もすっかり俺のち×ぽの虜になったな。なら思う存分してやるから、遠慮なくよがるがいいっ」

「あひんっ、おじさまああ、もっと杏華をいじめてえええ、ひゃあああんっ」

九十のFカップをたぷんと揺らしながら、瑞々しいアイドルの肢体が跳ねる。

愛しい男の剛直に貫かれ、女へと生まれ変わった喜びを謳歌する。

「杏華ったら、羨ましい。ねえ、ご主人様あ、次は私にもしてほしいなあ。そのために稽古を早引けしたんだからあ」

「望美ちゃんてば、はしたない。でも杏華ちゃんもすごく感じて、初めてなのにすごいわあ」

絡み合う二人を脇から見つめつつ、沙由理たちも興奮している。

頬は熱を帯び、瞳の色は淫蕩な娼婦のような輝きだ。

早く貫いてほしげに、腰をフリフリと淫らに揺らしていた。

「くうっ、ギチギチなのになんて吸い付きだっ、真梨恵よりもずっと気持ちいいぞっ」

「うれしいですっ、お母様よりもずっとずっと、愛してくださいいいいいっ」

極太の怒張は幼い少女の蜜壷に、半分ほどしか埋まっていない。閉じられた子宮口は、押し潰すにはかわいそうなほどの存在感だ。

「まだまだ渋いが、俺が立派な名器に育ててやるっ。最高のアイドルになるんだぞっ」

「はいいっ、なりますう、おじさまの手で私を立派なアイドルにしてくださいいいっ」

「ああっ、たっぷりしてやる、このかわいい子宮を俺の精液で満たしてやるぞおおっ」

叫ぶや、がばりと覆い被さり、少女の肢体を固定すれば、腰つきのスピードを上げる。

すさまじい振動にベッドはガクガク揺れ、牡の性衝動の激しさを物語る。

「アン、すごおい、杏華のおま×こ、あんなにいっぱい広がって、ご主人様の逞しいおち×ぽ呑み込んでるう」

「すごいわ杏華ちゃん、まだ中学生で初めてなのに、雅也さんの大きなおち×ぽでイッちゃうのねえ」

これまで見たどんなセックスよりも激しいさまに、沙由理たちも目を丸くする。

「はあんっ、もうダメですう、おじさまのおち×ぽで、どうにかされちゃいますううう」

「ああっ、俺もイクぞっ、お前の膣内を、ち×ぽで完全征服してやるっ」

「アンンンッ、出してええっ、おち×ぽミルクいっぱいいいいっ」

嬌声を発しながら杏華はもう、自他の区別すらついていなかった。

官能の波にさらわれ、快美感の渦のなかでひたすら愛する人の名を叫ぶだけだった。

「はあああんっ、おじさま、私イッちゃいますうう、おじさまのおち×ぽでイッちゃいますうううっ」

可憐な割れ目は限界まで押し広げられ、いやらしい蜜が男根に絡み付く。

あまりにも幼なすぎる子宮口を容赦なく貫いた瞬間、至福の刻が訪れる。

「ぐううっ、イクぞ杏華っ、お前こそ俺の愛する最高のアイドルだ、うおおおっ」

「アアンッ、おじさまっ、好きいっ、大好きいっ、愛してますうっ、アアアアアンッ」

怒張の先端から快楽の噴出が起こり、未成熟な膣内へ白濁液がしとどに放たれる。

びゅるびゅると轟音を立てる牡の精に、身体の隅々まで犯される。

「ひゃああんっ、おち×ぽミルクがいっぱいいいいっ、私もうダメッ、イッちゃうううっ、おじさまあああああっ」

絹を引き裂くような絶叫のなか、必死で愛するおじさまへしがみつく。

生まれて初めての絶頂を味わわされ、ひたすらに雅也の愛だけを信じていた。

「ああ、はああ、おじさまあ、すごいですう、私、おじさまと一つになれたんですね」

嵐のようなエクスタシーのあと、ようやく少女にも静けさが戻っていた。

結ばれた喜びとアクメの衝撃から息も絶え絶えで、いかにも気怠げな面持ちだ。

「杏華もよかったぞ。まさか初めてで、これほど俺のち×ぽに合うとは思わなかった」

「はふうう、褒めていただいて嬉しいですううう」

よくできましたと頭をナデナデされれば、心底から幸せな表情になる。

この分厚く大きな手のひらが大好きだったことを、あらためて思い出すのだった。

「うふふ、やったわね、杏華。これで私たち、ホントのグループになれたわ」

「雅也さんのおち×ぽはどうでした、杏華ちゃん。イッた顔も、とってもかわいかったわよ」

「はううっ、沙由理さん、望美さん、二人に見られてとっても恥ずかしいよおお」

だが大切な初体験を沙由理たちに見られたことは、大層恥ずかしい。

途端に頬を赤く染め、消え入りそうに小さな声で縮こまる。

そんな後輩のかわいい手を、先輩たちはぎゅっと握って励ましてあげる。

「くすっ、いいのよ恥ずかしがらなくて。私たちもう、この素敵なおち×ぽに夢中なんだから」

「やあん、まだ杏華の中にご主人様のおち×ぽ、ずっぷり入ってるう、羨ましいわあ」

敬愛（けいあい）する二人に励まされ、少女は無上の幸福感を味わっていた。

こうして四人で一つに結ばれ、真の絆（きずな）が育まれたことが、たまらなく嬉しい。

「はい、私の中におじさまを感じます。まだきついけど、とっても幸せですう」

「あら、また笑顔に戻っちゃって。泣いたり笑ったり、忙しい子ねえ」

「うふふ、それが杏華ちゃんのいいところだもの。いまは祝ってあげましょう」

いつしか三人の間には、和やかなムードが漂っていた。

これまで仲のよくなかった三人をまとめたことは、雅也にとっても喜びだった。

「みんな楽しんでいるようでけっこうだな。それでこそ、お前たちを俺だけのアイドルにした甲斐があるってもんだ」

「ご主人様ったら、それは単に私たちと、おま×こしたかったからじゃなーい？」

「望美ちゃんてば、おま×こだなんてはしたない。でも雅也さんがエッチなのは、たしかかと」

これ見よがしに偉ぶるご主人様に対して、さすがに奴隷アイドルたちもツッコむ。

「おじさまあ、私はずっと前からあなたの物ですから、これからも一生愛してくださいね」

だが杏華だけは、愛する人を信ずる一途な瞳を向けてくる。

花びらを貫く怒張の逞しさに感動しつつ、お股にキュッ、と力を込める。

「ぬおっ、杏華っ、おま×こを締めるなっ、いつの間にそんな芸当を身につけたんだっ」

「うふふ、だっておじさまのおち×ぽが逞しすぎるんですもの。さ、もう一回してくださいませ。私は何度でも応じて差し上げられます」

「アン、ずるいわ、杏華ったらあ。ご主人様あ、次は私にもしてええ」

「お二人の行為を見たら、私もたまらなくなってしまいました。どうか、私にもくださいい」

先程から行為ばかり見せつけられ、沙由理も望美も我慢の限界に達したのだろう。

美々しい衣装のアイドルたちが、我先にと悦楽の輪の中に加わってくる。

「ううっ、望美も沙由理も、腕を絡めるんじゃない、ぐおっ」

「むふっ、んちゅうう、ご主人様、私とキスしてえ、んんむううう」

「雅也さん、私にもキスしてください、はむうっ、んんん」

たじろぐ雅也の唇を奪い、煌びやかな粉黛がご主人様の寵愛を求める。

負けじと杏華も、さらにお股に力を込め、逸物を激しく絞り立てる。

「アン、抜いちゃいやですう、私まだまだおじさまを愛せますから、もっとしてください」

三者三様のおねだりで、淫らにまぐわうさまは薔薇色の楽園だった。

「ええいっ、いい加減にしろっ、このドスケベアイドルどもっ。こうなりゃ、とことんまで犯してやるから覚悟しろっ」

甘いおねだりのなか、猛然と宣言し再びのピストンを繰り出す。

たちまち起こる嬌声のなか、秘密のレッスンはいつ果てるともなく続くのだった。

第六章　性獣プロデューサーの流儀

薄暗い光に包まれた地下室に、冷たい機械音がざわめく。

さまざまな映像が流されるモニタ群の中で、少女たちの熱い吐息もこぼれていた。

「んふう、雅也さん、いかがですか？」

「うふふっ、断然私のほうが感じるでしょう、ご主人様？」

「やん、私のご奉仕が一番ですよね、おじさまあ」

冷たい壁に囲まれ淫靡な声を立てつつ、三人の美少女が男へご奉仕をしている。

それぞれ煌びやかな衣装を纏い、目にも鮮やかな装いだ。

人気アイドル、ヴィエルジュは、大切なご主人様へのご奉仕に夢中だった。

「こらこら、ケンカをするんじゃない。俺のち×ぽは、一つしかないんだぞ」

「アン、ごめんなさい、ご主人様あ」

「すみませえん、おじさまあ」

野太い声を出す男、全裸の雅也はチェアに腰掛けながら少女たちを相手にしている。

剝き出しの逸物に少女たちが群がるさまは、興奮を煽る。

ペンション地下の秘密部屋で、今日もアイドルたちへ淫らなレッスンの最中だった。

「だってえ、望美ちゃんや杏華ちゃんが、雅也さんを独り占めしようとするんですもの」

三人ともゴスロリ服を基調にした派手やかな衣装姿で、甘ったるい声を発している。

沙由理は清楚なイメージの、青いストライプの入ったステージ衣装だ。

「人聞きの悪いこと言わないで、沙由理。私はただ、立派なアイドルになりたいだけなの」

望美の情熱的な赤いドレスは、美しい鳶色の髪には似合っている。

「そうですう、沙由理さんこそ、昨日はおじさまを独占してたじゃないですかあ」

ピンクの甘々なフリルで飾られた杏華のゴスロリ服は、幼い少女によく映える。

口々に愛してほしいとおねだりするアイドルたちは、楽園のような華やかさだ。

四人が一つに結ばれて数週間、ペンションに入り浸る日も多くなっていた。

「ええい、まったくお前らは、いい加減静かにしないと、こないだみたいなお仕置きをするぞっ」

「キャッ、お仕置きしてれくれるの、ご主人様あ、嬉しいっ」

「ああん、また首輪をはめられて調教されちゃうのかしら？　怖いけど、でも癖になっちゃいそう」

ダミ声で脅しを掛けるも、心の底から虜となった奴隷たちには逆効果のようだ。

瞳を輝かせ、雅也から受けるお仕置きを心待ちにしている。

「むううっ、全然聞いてないな、どうやら調教が効きすぎたか。もう少し、アイドルとしての慎みを持ってほしいぞ」

実際、雅也の調教を受けてから、ヴィエルジュの人気はさらに上がっていた。

業界内で権威ある賞を受賞したり、先日のツアーも大成功だった。

ネットに公開された新曲のＰＶも、一週間で百万アクセスを超える人気なのだ。

「うふふ、これもすべて雅也さんのおかげです。私たち、とっても感謝してるんですよ」

「ご主人様とエッチすると、なんだかすごく身体が軽くなっちゃいそうなのお」

口々に謝意を述べる沙由理と望美だが、杏華には言いたいことがあるようだ。

従順に傅き膝の上に手を乗せながら、おねだりするみたいにしなを作る。

「あの、おじさま……」

「うん？　どうした、杏華」

「お母様が言ってました、早く会社に戻ってきてほしいって。自分の手助けをしてほしいと」

真梨恵を籠絡したあと、正式な社員として再雇用したいと要望されていた。

それどころか、役員待遇で経営に参画してくれという打診も受けている。

「真梨恵がか？　たしかに、音無プロの次期社長という椅子は悪くないかもなあ」

「でしょう、すぐにここを引き払って、都会へ行きませんか、あっ？」

にんまりする雅也に杏華も喜ぶが、どうやら胸には思うところがありそうだ。

下卑た笑顔のまま、少女の胸元へ手を伸ばし、ゴスロリ服のリボンを外す。

たちまち、ポロンッと美味しそうなFカップが露になる。

「ひゃんっ、おじさまあ、なにをなさるんですかあっ」

「おおっ、だいぶ育ってきてるじゃないか。これならそう遠くないうちに、沙由理や望美に追いつくかもしれんな」

慌てて胸元を覆い隠そうとするが、無体なご主人様は許さない。

このゴスロリ調アイドル服も、雅也の発案により、脱がせやすい仕様になっていた。

「もう、おじさまったらあ、んんっ、強く揉んじゃいやですううっ」

「かわいいだけじゃなくて、こんなにもエロいお前たちが、この衣装でステージに立つ日が楽しみだ」

「んもう、おじさまあ、私のお話聞いてください、んはああんっ」

目の色を変え、少女のFカップを揉みしだくが質問には答えてあげる。

「そうだな、社長の椅子は魅力的だが、ここでこうしてお前たちをかわいがるのは、もっと素晴らしい」

「ええ、それじゃあ、ひゃんっ、おっぱいつつかないでくださあい」

「誤解するな、別に会社に戻らないと言ってるわけじゃない。俺にとって、このペンションも音無プロも、両方大事な物だ」

戻りたくてたまらなかったプロデューサーの地位だが、いまとなってはどうでもいい。

真梨恵に意趣返しをし、アイドルを隷属させれば、目的はもう完遂(かんすい)したも同じなのだ。

「それじゃあ、お母様にはどう言ったらいいんでしょうか、アンッ」

「態度保留と言っておけばいい。ここでお前たちの調教をするほうが、ヴィエルジュの人気は上がるんだからな」

　肌理細かな乳房の感触を楽しみつつ、雅也は嘯く。

　こうしてかわいい三人娘を弄べるのだから、現状に悔いはなかった。

「わかりました、でも、お母様は寂しがると思いますう」

「ふふ、杏華はそのほうがいいんじゃないのか？　俺が真梨恵に入れ込むと、あからさまにやきもちを焼くからな」

「アンッ、それはっ、おじさまの意地悪ううう」

　杏華の幼くも素直な反応を見れば、ついいじめたくなってしまう。

　しかし、じゃれ合う二人を見て、沙由理と望美は頬を膨らませ、文句をつけてくる。

「ご主人様あ、杏華ばっかりかわいがらないでえ、次は私もしてえ」

「いやん、望美ちゃん、次は私の番でしょう？」

　両者とも、自ら衣装の胸リボンを外し、ぽよよんっとおっぱいを曝(さら)け出す。

　目の前で展開されるGとHの美巨乳に、牡の目は釘付けになる。

　たわわに弾む四つの山脈は、天国かと思うほど極上の風景だった。

「壮観だなあ、現役アイドルのおっぱいで奉仕されるなんて、俺はつくづく幸せ者だよ」

「くすっ、雅也さんにいっぱい愛してもらえましたから、私たちのおっぱいもより大きくなりましたよ」

「でも、もっともっとしてほしいなあ、ご主人様の逞しいおち×ぽでね」

悪戯っぽい笑みを浮かべれば、望美は隆々と反り返る男根を指でつつく。

「ぬっ、そうだな、じゃあ今日もまた、お前たちのおっぱいで、こいつを鎮めてもらうとしようか」

脚を大きく開き、アイドルたちの目の前へ雄々しい巨根を見せつける。

不気味に蠢き少女たちを威圧する剛直は、この場のすべてを支配していた。

「キャン、ご主人様のおち×ぽも、ますます大きくなってるぅ」

すでに先端からは熱い先走りを滲ませ、牝を引きつける牡の匂いを放っている。

「こんなすごいおち×ぽ見てたら、私たちもどうにかなっちゃいそう」

赤黒い牡のシンボルに、いまをときめくアイドルたちが夢中だった。

「さあ、その見事なおっぱいで、俺のち×ぽを包んでもらおうかな」

「ああん、またパイズリするのお、ご主人様もホントに好きなんだからあ」

「でも、そんなにおっぱいを気に入ってくださるなんて、嬉しいですぅ」

ヴィエルジュは、調教目的で作られた秘密の地下室で、数限りなく辱められてきた。

しかし、そんな激しい凌辱も、いつしか嬉々として受け入れるようになっていた。

たぷんと揺れる美巨乳を持ち上げれば、ご覧くださいと見せつける。

「では参ります、たっぷり召し上がってくださいませ」

「んふふ、私たちのおっぱいの魅力を思う存分味わってね」

純白と褐色の豊満な膨らみが、灼熱の怒張へと覆い被さる。

えもいわれぬ快楽の音を立て、女神のバストが降臨する。

「ぐおっ、むうううっ、やっぱりたまらんなあっ、お前たちのおっぱいはっ」

「やん、ご主人様のおち×ぽも熱いのお、おっぱい火傷しちゃううう」

「はあぁ、おち×ぽビクビクして素敵ですう、とっても感じるのお」

にゅるにゅると淫らな吸い付きで、柔らかな乳房が包み込む。

絹のような極上の肌触りは、おま×こに入れた以上の悦楽だった。

「沙由理と望美のおっぱいもいいぞっ、ふわふわですべすべで、こんな気持ちいいのは初めてだっ」

「はああんっ、私も気持ちいいっ、こんな太くて硬いおち×ぽ初めてなのおおっ」

「二人がかりでも包みきれないのお、雅也さんのおち×ぽ逞しすぎますううう」

あられもない声をあげ、美少女アイドルたちはダブルパイズリに没頭する。

聳える男根の雄々しさに魅入られ、華麗なゴスロリ装束も輝きを増す。

だが杏華は渦巻く熱気に気圧され、パイズリに加わる機会を逸していた。

「どうした、杏華、お前も早くパイズリをしてくれないかな」

「うう、おじさまあ、でも私は……」

雅也に促されても、杏華は逡巡したままだ。

行為に熱中する二人をよそに、所在なさげに見守るだけだった。

「もう、ご主人様ったらあ、杏華がどうして加わらないのかわからないの？」

「むっ、そう言われてもなあ。沙由理はなにか心当たりがあるのか」

蠱惑的な笑みを浮かべ、望美は男の鈍感さを指摘してくる。

微笑の意味がわからず戸惑っていれば、沙由理が慈愛の表情で諭してくれる。

「うふ、杏華ちゃんはきっと、おっぱいのサイズが私たちより劣るから、気後れしてるんだと思います」

「沙由理さんっ、私はそんなっ、あううう……」

指摘され、顔を真っ赤にして俯いてしまうあたり、図星だった。

たしかに百センチを超える爆乳の二人に比べれば、杏華は見劣りしてしまう。

可憐なフリルで飾られたＦカップおっぱいも、どこか寂しげだ。

「なんだ、そんなことを気にしていたのか。さあ、こっちへおいで、杏華」

「えっ、おじさま、アアンッ？」

躊躇する少女の肩を抱き寄せ、肉棒へ奉仕させる。

「大きさはたしかに劣っても、杏華のおっぱいは最高だぞ。俺が保証する」

「ホントですか？　おじさまあ」

「もちろんだ。杏華は肌は綺麗だしスタイルもいい、俺の理想のアイドルなんだよ」

「ああ、嬉しいっ、私もおじさまが大好きですぅ」

愛しい人に励まされ、少女は頬に手を当て、泣きそうな顔になる。

かわいらしい乳頭も、喜びからピンクに色づいていた。

「それじゃ、してもらえるかな。その綺麗なおっぱいで俺のち×ぽを愛してくれ」

「はい、畏まりました。私のおっぱいを存分に堪能してくださいね、えいっ」

笑顔を取り戻した少女は、真っ赤に膨らんだ先っちょへ瑞々しい乳房を添える。

「ふおおっ、やはり杏華のおっぱいはいいっ、俺のち×ぽに一番合うなっ」

「ひゃんっ、おじさまのおち×ぽも素敵ですぅ、ガチガチしてて逞しいっ」

思いの深さが快感に通ずるのか、触れるだけでも気持ちいい。

裏スジを擦り立てる乳首が、コリコリと当たってえもいわれぬ心地よさだ。

「はああ、なんだか変な気分になっちゃいそう、熱いおち×ぽに触れたら、私も熱くなっちゃううううう」

「いいぞ、もっと熱くなれ、俺のち×ぽを擦って、いい女になるんだっ」

「はいいっ、私を導いてください、おじさまああっ」

中学生とは思えぬ嬌声で、杏華はパイズリに没入する。

うっとりと見つめ合う二人だが、脇から沙由理と望美が妬ましげに睨む。

「ちょっとお、ご主人様あ、私たちのこと忘れてもらっちゃ困るわあ」

「杏華ちゃんばっかり褒められて、ずるいです。私のほうが気持ちよくして差し上げますのに」

「おおっ？　いや、お前たちのことも忘れたわけじゃないぞ。なにせ二人とも、大事なアイドルだからな」

膨れ面で非難してくるが、口元はなにやら楽しげだ。

やきもちを焼くふりをして、ご主人様の気を引くことを面白がっている。

「どうだか。ご主人様は、杏華と子供の頃からの付き合いなんでしょう。でも、おっぱいのよさなら負けないいんだからあ」

「うふふ、望美ちゃんはああ言ってますけど、本当は私のおっぱいが一番なんですよね、ええいっ」

「ぐふうっ、そんないきなりっ、ぬうううっ」

無邪気を装いつつ、不実をなじる二人が、こぼれんばかりのおっぱいを寄せてくる。

たぷんと波打つ白と褐色のおっぱいの海に、危うく果てそうになってしまう。

「ああんっ、私だって負けません、おじさまを一番愛してるのは私なんですうっ」

「こらこら、杏華もそんなところを張り合うんじゃない、おおうっ」

尊敬する先輩といえども、愛するおじさまを譲る気はないらしい。

必死に裏スジからタマタマまで、艶やかなFカップで絞り立てる。

「あら、やるじゃない望美、子供だと思ってたのに。でも、こっちも中学生に負けるわけにはいかないわ」

「これは、有望なライバル出現ね。杏華ちゃんは一途で健気だし、雅也さんのお気に入りですもの」

キャッキャと笑い合いながら、六つの豊穣(ほうじょう)のシンボルは剛直を呑み込んでくる。

三人の美少女が、それぞれ自慢の美巨乳で野太い肉竿へパイズリする。

まさに、この世の極楽が、目の前に現出していた。

「ああっ、壮観すぎるなっ、ヴィエルジュの三人からパイズリを受けるとはっ、たまらんぞおっ」

男冥利（みょうり）に尽きる快感に襲われ、雅也は眼前に広がる絶景に嘆息する。

己の肉棒にご奉仕しているのは、いまをときめくアイドルグループなのだ。

おっぱいが歪むたび、可憐なドレスのフリルも揺れている。

「んふう、おじさまのおち×ぽも逞しすぎますう、アンッ」

「そうよねえ、私たち三人のおっぱいでも包みきれないよお」

「はああ、なんて大きいのかしら、雅也さんのおち×ちん、素敵い」

乳圧に扱かれおっぱいの海に揺蕩いながらも、剛直はまるで存在感を失わない。

屹立する逸物の力強さに、ご奉仕するアイドルたちも戦いていた。

「当然だ、このち×ぽは、お前たちの主人だからな。さあ、もっともっとパイズリするんだっ」

「はいいい、おじさまのおち×ぽに、ご奉仕できて幸せですううう」

「ああん、おっぱいが溶けちゃうよおお、ご主人様のおち×ぽ熱すぎいい」

「みんな、頑張りましょう。これも、立派なアイドルになるための試練よっ」

いまや身も心も通じ合ったアイドルたちは、懸命におっぱいを擦りつけてくる。

雅也もトリプルパイズリの快楽に酔いながら、従順な少女たちを満足げに見下ろす。

「ぐううっ、その調子だ、俺ももう限界が近そうだ、ふふっ」

急速に性感を高めながらも、一心にパイズリする姿を見れば、つい悪戯心が湧く。ムニムニといやらしく変形する極上の巨乳へ、手を伸ばしてしまう。

「アンンッ、おじさまあっ、そんなところを摘ままないでくださあいいっ」

「やあんっ、おっぱいムニュムニュしちゃいやああん、エッチい」

「んふうっ、乳首をキュッ、てされたら感じちゃいますううう」

興奮から先を尖らせた桃色乳首を、意地悪げに摘まむ。

ほどよい弾力で指に馴染む乳頭は、男の玩具として最適だ。

「ほう、こんなに乳首を硬くしてスケベな娘たちだ、トップアイドルとは思えんなあ」

「アアンッ、それはおじさまのおち×ぽが立派だからあ、とっても感じちゃうんですう」

「ご主人様ったらあ、そんなにグリグリしたらパイズリできないよお、キャアアン」

「はあ、雅也さんに摘ままれて、私のおっぱいも喜んでますう、もっとしてええ」

三者三様、色っぽい吐息で艶めいた声をあげれば、ますますいじめたくなる。

切なげに囀る美少女たちの痴態に、支配欲の根源まで揺さぶられそうだ。

「エロい顔に見事なおっぱい、さすが俺が見込んだアイドルたちだ、ああっ、そろそろこっちもイキそうだっ」

連なる六つの山脈に挟まれ、ギュウギュウに絞られた逸物は、限界を迎えそうだ。

青筋の立った陰茎は唸りを上げ、最後のときを迎えるべくドクンッと膨らむ。

「ああ、出そうなんですね、おじさまのおち×ぽ、ビクビクしてますぅ」

「キャッ、カチカチち×ぽ、ますます大きくなってるのお、信じらんないよお」

「この赤く腫れた先っちょから、いっぱいミルクが出るんですね、早く見たいですぅ」

発情した目の牝たちは、支配者である牡の射精が待ち遠しかった。

スライムのように変形するおっぱいをさらに歪ませ、懸命に剛直を剝き立てる。

「ぐおおっ、たまらんっ、アイドルのパイズリは最高だっ、出るっ、出るぞおおおっ」

天へ向かって吠えた刹那、欲棒の先割れから、これまでにないほどの爆発が起こる。

「ひゃあああんっ、おじさまあああっ、どぴゅどぴゅしてますううう」

「出てるっ、いっぱい出てるのおおっ、んはあん、ミルクのシャワーくださいいいい」

「おち×ぽミルクが、びゅるびゅるって、たくさん出ましたあああ、すごいのおおおお」

猛々しい肉茎は熱く脈打ちながら、火山の噴火のように精を吐き出す。

吐精を湛える少女たちの歓声が、冷たい地下室を極彩色の空間へと変えていた。

「むほおおっ、お前たちは最高だっ、俺の愛する最高のアイドルグループだぞおっ」

「嬉しいいいっ、私もおじさまに愛していただいて幸せですううう」

「ああん、もっとかけてえ、ご主人様のミルクほしいのおおお」

「こんなにいっぱい出るなんてえ、雅也さんのおち×ぽは底なしですうううっ」

少女たちは精液を浴びても、筒先から溢れる現象を褒め称えている。

神に仕える淫らな巫女のように、精の噴出をいつまでも見守っていた。

「ああん、ベトベトお、おじさまのミルクで、こんなに汚されましたああ」

「量だけじゃなくて、とってもねばねばあ、絡み付いてくるわああ」

「ふふっ、私たちのお洋服もミルクでびしょびしょです、大事なステージ衣装なのにい」

全身を白濁液まみれにされても、美少女たちは恍惚とした表情のままだ。

牡の証をぶちまけられ、プロデューサーに征服されたことに満足そうだった。

「はあああ、うむ、よかったぞ。こんな気持ちいいパイズリは、俺も初めてだった」

欲望を吐き尽くしたかに見えるご主人様だが、陰茎はいまだ勢威を保ったままだ。

いまだアイドルを汚し足りないと、力強く漲っていた。

そんな様子を見れば、この淫靡なレッスンはまだまだ終わらないとみんなが思う。

「でも、おじさまのおち×ぽ、すごいギンギン、ひゃんっ、望美さん？」

「むふふ、動いちゃダメよ杏華、私がお顔についたミルク、ぜーんぶ舐めてあげる」

「うひゃあああん、望美さんっ、くすぐったいですうううう」

猫がじゃれつくように望美は細い身体を押さえつけ、ペロリとお顔を舐める。

嫌がる杏華をよそに、同性同士で行うキスに夢中になる。

「杏華ってばお肌すべすべね、ああん、この滑らかさ、癖になりそう」

「ふええ、望美さああん、チュッチュしないでえ、おじさまが見てるのにいいいい」

奔放で知られた望美だが、以外とレズッ気があるのかもしれない。

中学生アイドルの触り心地を、存分に堪能している。

「もう、望美ちゃんたら、杏華ちゃんをいじめちゃダメじゃない、きゃあんっ？」

「くすっ、では今度は、沙由理さんをいじめて差し上げますう」

望美のキスに辟易していた杏華が、今度は沙由理を責める番だった。

戸惑うロシア娘を見れば、よけいに嗜虐心が増すのは雅也だけではないらしい。

「沙由理さんて、金髪で雪みたいな白い肌で、昔から私の憧れだったの、すごく綺麗」

「いやああん、杏華ちゃあん、女同士でなんてえ、私たちは雅也さんだけのアイドルなのよお」

口では拒否しても、自分たちにかかったミルクの舐めあいっこに夢中だった。

美少女アイドルたちのあらぬ痴態に、見るだけだった雅也も我慢の限界を超えそうだ。

「お前たちなあ、自分たちだけで楽しむんじゃない。俺は、みんなのご主人様なんだぞっ」

「うふふ、ご主人様ったらあ、そんなこと言っても、おち×ぽはとってもカチンカチンよお」

「むっ、これはだなあ、ふうう、まったくこれだから淫乱娘は……」

望美の指摘を受け、隆々と逸物をそそり立たせたまま、言葉に詰まる。

「雅也さんのおち×ぽ、まだまだこれからですもの、私たちも楽しみですう」

「おじさまは底なしですもの、おち×ぽは、もっともっと大きくなりますよねえ」

完全に快楽に溺れた少女たちは、自ら肉棒に貫かれることを望んでいた。

蠱惑的な笑みを浮かべ、我先にとはしたないおねだりをしてくる。

「ええいっ、なら壁に手を付けっ、みんなまとめてかわいがってやるっ」

逸物を聳えさせたまま立ち上がれば、傲然（ごうぜん）と命令を下す。

「キャッ、嬉しい、まずは私からね、ご主人様あ」

「いやあ、望美さんは昨日してもらったじゃないですかあ、最初は私ですよお」

「ケンカしちゃダメよ、雅也さんは絶倫だし、みんな平等に愛してくださるわ」

命令どおり、スカートをまくり上げ、腰をこちらに向ける。

すでに濡れ光っている三枚の花びらは、たまらない牝の香りを放っていた。

「ああ、ずっとかわいがってやる。お前たちは一生、俺だけの物、俺だけのアイドルだっ」

宣言すれば、少女たちの腰を押さえつけ、楽園のような花びらの中へ逸物を埋（うず）めてゆく。

たちまち嬌声が湧き上がり、ひたすらピストンを繰り返し悦楽を貪る。

華やかなアイドルたちに囲まれ、雅也はいまこそ人生の絶頂を謳歌する。

やがてくる至福の瞬間のなか、永遠に少女たちと一つであることを実感するのだった。

◉新人作品**大募集**◉

マドンナメイト編集部では、意欲あふれる新人作品を常時募集しております。採用された作品は、本人通知のうえ当文庫より出版されることになります。

【応募要項】 未発表作品に限る。四〇〇字詰原稿用紙換算で三〇〇枚以上四〇〇枚以内。必ず梗概をお書き添えのうえ、名前・住所・電話番号を明記してお送り下さい。なお、採否にかかわらず原稿は返却いたしません。また、電話でのお問い合せはご遠慮下さい。

【送付先】 〒一〇一‐八四〇五 東京都千代田区神田三崎町二‐一八‐一一 マドンナ社編集部 新人作品募集係

生贄アイドル 淫虐の美少女調教計画

二〇二二年五月十日 初版発行

発行◉マドンナ社

発売◉二見書房 東京都千代田区神田三崎町二‐一八‐一一

電話 〇三‐三五一五‐二三一一(代表)

郵便振替 〇〇一七〇‐四‐二六三九

著者◉新井芳野【あらい・よしの】

印刷◉株式会社堀内印刷所 製本◉株式会社村上製本所 落丁・乱丁本はお取替えいたします。定価は、カバーに表示してあります。

ISBN978-4-576-22054-3 ◉Printed in Japan

Madonna Mate